JN128332

詩人・萩原朔太郎の横恋慕

大野富次
Ohno Tomiji

あけび書房

はじめに

萩原朔太郎の生まれた土地は他人の手に渡り、建物の一部が前橋市に寄贈されたことで、敷島公園内に移築となったが、43年の歳月を経た平成29（２０１７）年4月、前橋文学館に近い広瀬川の畔に再移築されている。

ただ、残念なのは、せっかく移築された生家であるが、市民が無関心になっていることである。人も寄り付かず閑散としているのが気になるが、これまで敷島公園内に長年放置してきた影響で、萩原朔太郎に対する市民の関心度が薄れたことが要因と思われる。

本来は、生家跡に母屋を復元するなり、「書斎」「離れ座敷」「土蔵」を改修して整備するのが基本であり、その土地に記念館として残すべきであった。それがまともな文化的景観を形成することになる。残念ではあるが、今になっては遅きに失した感がある。

そこで、朔太郎の生家がどのようにして現在の場所に移築することになったか、述べておきたいと思う。

当時、朔太郎の生家は関口林五郎氏が所有していたのであるが、昭和35（１９６０）年11月、「書斎」を前橋市に寄贈している。しかし、贈られて困った前橋市は桃井小学校校庭北東隅にと

手前が離れ屋敷、奥が土蔵（提供：群馬郷土史研究所）

りあえず移築したのが初見である。

昭和43（1968）年8月、所有者代表の津久井幸子氏（萩原朔太郎の妹）が「生家の離れ座敷」を前橋市に寄贈するのであるが、行政は記念館として保存すべき計画をせずに、市の空地であった臨江閣敷地内北西部に移築している。

その間に、朔太郎の土地の所有者であった津久井家は、当時、隆盛を誇った前三百貨店に譲渡することになり、昭和43年12月、母屋の撤去がおこなわれている。

この時、前橋市が記念館を計画し、土地を買い上げておれば良かったという声は非常に多い。しかし、「土蔵」は撤去されずに残り、昭和47年9月に前橋市へ寄贈されることになるが、昭和49年に「離れ座敷」「書斎」とともに、人気の少ない敷島公園の林の中に移築している。

東京駿河台・主婦の友社に勤務する筆者の知人が前橋に訪れた際、萩原朔太郎の生家を見たいというので案内したことがあるが、「生家跡に記念館を整備しなくては意味がありませんね」と一言話されたことを記憶している。

その知人は文化県である山形の出身であるが、人の寄りつかない林の中に移築した生家を見て、感想を述べたわけである。ただ、前橋市民の多くは萩原朔太郎の名は承知しているが、詩に対する興味が薄いのも確かであった。


朔太郎は口語自由詩の確立者として、詩集『青猫』が不動の地位を得たと言うが、評価を得たのは後年になってからである。朔太郎の口語詩は、決して分かりやすいものではなく、難解なため、詩に興味のある人たちでも評価が分かれるところである。

前橋市は、館長に朔太郎の後裔（孫）にあたる萩原朔美氏（東京在住）を就かせ、文学館の再興を期待しているが、朔美氏は朔太郎の詩に意味はないと述べており、詩に意味がないとなれば、詩とは何なのかとなるが、記念館の入館者を増やすため、漫画家に依頼し、朔太郎の人生と重ならない内容のマンガが展示され、さらには、朔太郎が好んだという音楽と詩を結びつけた催しを企画しているのであるが、市民全体に浸透するまでには至っていないのが現状である。

元来、「前橋文学館」は前橋市出身の詩人を顕彰する目的で創られていたはずであり、萩原朔太郎や平井晩村・高橋元吉・萩原恭次郎・伊藤信吉など、同じ近代詩成立期に中心的詩行を残した資料展示を目的としていたのであるが、煥乎堂書店主催の「萩原朔太郎賞」が廃止となり、前橋文学館が引き継いだことから朔太郎の展示物が主軸となったように考えられる。その結果、本来あるべき文学館の企画機能が薄れ、郷土の文人たちは片隅に追いやられた感は歪めない。

前橋市の広報誌では、萩原朔太郎に集中した記事を毎号のように掲載しており、前橋文学館が掲げた当初の目的を逸脱しているのは確かである。従って、「萩原朔太郎記念文学館」と館名を変更すべき必要があろうかと思う。

萩原朔太郎研究会会長・松浦寿輝氏は、広報誌（平成30年1月15日号）において、「朔太郎は郷土で複雑な思いを文学として表現しているが、前橋の皆さんは深い度量で見守ってください」と述べている。その言葉には、多くの意味が含まれていると考えている。

本書では、『詩人・萩原朔太郎の横恋慕』と題しているとおり、口語詩から湧き出てくる朔太郎の内包された感情や、それにともなう詩の評価、あるいは、どのような精神の持ち主であったか、研究者や朔太郎の支持者が書かない内容をストレートに表現することに努め、足跡を辿ることで、萩原朔太郎の実像に迫るものである。

２０１９年６月29日

大野　富次

もくじ　詩人・萩原朔太郎の横恋慕

1章　朔太郎と家族たち

一　少年期の朔太郎

萩原朔太郎は明治19（1886）年11月1日、群馬県東群馬郡前橋北曲輪町69番地（現・前橋市千代田町2丁目1番17号）に、父・萩原密蔵と母・ケイの長男として誕生。兄弟姉妹は4人の妹と一人の弟がいる。長女テイは夭折している。

父の密蔵は、嘉永5（1852）年10月19日、医師・萩原玄隆とその妻・周との間に三男二女の末っ子として生まれている。生誕地は大坂府中河内郡三木本村（現・八尾市南木）であるが、上京した密蔵は明治医学校に学び、明治11（1878）年6月、東京大学医学部別課に入学する。明治14年に卒業後、岡山医学校解剖学教授を薦められたが、断って前橋に赴き、群馬県立病院副院長に就いている。

明治18年7月より10月まで伊香保浴医局長を務めるが、11月に職を辞して前橋市北曲輪町で開業医となる。間もなくして白内障の手術によって盲人の開眼に成功したことで評判となり、屈指の名医として患者の信望が厚く、市中はおろか遠方からも診察に押しかけたと言う。母・ケイの実家は前橋藩主松平氏家老・八木家の出で、ケイの父親は当時、師範学校副校長と県衛生課長を兼務していた八木始である。

朔太郎が生まれたとき、ケイの年齢は20歳と若く、彼を異常なほど可愛がったとされる。そのため、朔太郎は30歳を過ぎても足袋のコハゼをはめずに下駄をはいて歩いていた。それは、母親が足袋を履かせており、自分で履いたことがないからであると夛田不二氏は書いている。

裕福な家庭の長男として、朔太郎は何の不自由もなく幼年期を過ごすことになる。小学校に入ると、雨の日などは絹の襟巻などで身を纏い、ハイカラな服装で人力車に乗って送迎されたというから、他の生徒たちとは馴染まない環境にあったのは言うまでもないことである。

異常な環境の中で成人するが、親の援助は30歳を過ぎても続くことになる。これが、詩にも影響し、異常な性格を形成する基となったとみている。

足袋の履き方も知らない人間に育った朔太郎は、当然、一般社会の働く人たちの苦労や生活の困難さを知らないまま成長することになり、生活の苦労など実体験のないまま詩人となったわけで、その後の朔太郎の詩作に影響を齎したことは確かであろう。

後年になり自戒しているようであるが、エッセイ『僕の孤獨癖について』の中で、小学校の頃には、すでに異常な性格がみえるが、そのことを彼自身が書いている。

エッセイ『僕の孤獨癖について』

僕は昔から「人嫌ひ」「交際嫌ひ」で通つて居た。しかしこれには色々な事情があつたのである。もちろんその事情の第一番は、僕の孤獨癖や獨居癖やにもとづいて居り、全く先天的氣質の問題だが、他にそれを餘儀なくさせるところの、環境的な事情も大いにあつたのである。

元來かうした性癖の發芽は、子供の時の我がまま育ちにあるのだと思ふ。僕は比較的良家に生れ、子供の時に甘やかされて育つた爲に、他人との社交について、自己を抑制することができないのである。その上僕の風變りな性格が、小學生時代から仲間の子供とちがつて居たので、學校では一人だけ除け物（ママ）にされ、いつも周圍から冷たい敵意で憎まれて居た。學校時代のことを考へると、今でも寒々とした惡感が走るほどである。その頃の生徒や教師に對して、一人一人にみな復讐をしてやりたいほど、僕は皆から憎まれ、苛められ、仲間はづれ（ママ）にされ通して來た。小學校から中學校へかけ、學生時代の僕の過去は、今から考へてみて、僕の生涯の中での最も呪はしく陰鬱な時代であり、まさしく惡夢の追憶だつた。

かうした環境の事情からして、僕は益々人嫌ひになり、非社交的な人物になつてしまつた。學校に居る時は、教室の一番隅に小さく隱れ、休業時間の時には、だれも見えない運動場の隅に、息を殺して隱れて居た。でも餓鬼大將の惡戯小僧は、必ず僕を見付け出して、皆と一緒に苛めるのだつた。僕は早くから犯罪人の心理を知つてゐた。人目を忍び、露見を恐れ、絶えずびくびくとして逃げ廻つてゐる犯罪者の心理は、早く既に、子供の時の僕が經驗して居た。（後略）

彼自身が書いてはいるが、事実ではないという研究者もいる。しかしながら、今も昔もいじめが存在したのは間違いないであろう。もし嘘であれば、教師に復讐してやりたいなどと言うであろうか、このエッセイを見た担任の教師に対して無礼なことである。

誇張して書かれたとしても、目に見えないところで、人々は彼をいつくしむことはなかったと思われる。

朔太郎は、成人後においても親の過保護が続くことになるが、世間の人々と同等の苦労を味わうこともなく育ったことから、大人になってからも精神の弱さが詩の中に現れ、僅かなことに感情が高ぶり、朔太郎の詩を嫌う人が多いのも事実である。

彼自身が、町の人々から嫌われていることに気づき、観念的に負目となったのは確かである。だからこそ、それを払拭するため、詩を通して想いを表現しているのであろう。

現代でも、著名な女優が息子を溺愛し、高額の小遣いを与え続けたことから、覚せい剤に手を出して社会問題となったのも、親の過保護が少なからぬ影響をおよぼしている。従って、朔太郎を知る人たちから同様の批判を浴びたとしてもあながち間違いではなかろう。

「苦労は買ってでもしろ」「若いうちに苦労をさせるものだ」と以前から言われているが、実際に人生の底を体験した人は、普通の生活に何倍もの幸せを感じることができるのは事実である。

当時、町の人たちは、詩人・朔太郎に対する敬愛の念などはさらさらなく、ひたすら「バカボンボン」として、無言ながらも冷めた目で見ていたものと理解している。従って、常に友達に恵まれず、孤独な少年期を過ごしたことになる。

二　受験と退学を何度も繰り返した学校生活

朔太郎は明治37（1904）年4月、中学5年への進級ができなくなり落第するが、6年かけて中学を卒業している。その年、高校受験に失敗した朔太郎は、前橋を離れて1年程東京での生活をすることになる。

明治40年、熊本県の旧制第五高等学校第一部乙類に入学することになるが、翌年、2年への進級ができなくなり、岡山県旧制第六高等学校第一部丙類に改めて入学している。しかし、当時の教授より父・密蔵に手紙が寄せられ、「朔太郎の学業に将来の望みなし」と論告する。その後、中退した朔太郎は東京で放浪している。

受験と落第・退学を繰り返した朔太郎であるが、根本的には、学校の教科や人と交わるのが好きでなかったようである。代々続く医業を、父親としては長男の朔太郎に継がせようと考えたに違いないが、期待は無残にも断たれることになる。

マンドリンを持つ朔太郎（提供：前橋文学館）

三　朔太郎は音楽家の夢を抱く

明治43（1910）年の夏、病気のため東京に放浪中の朔太郎は、音楽家の道を目指すため上野音楽学校の入学を志すのであるが、ものに成らないと自覚したのか、音楽学校への入学を途中で断念することになる。

親の仕送りを受けて、東京に2年間放浪するわけであるが、その間に自由劇場や文芸協会の翻訳劇を鑑賞したり、オペラや音楽会に通ったりし、学校への入学は諦めたが音楽にますますのめり込むことになる。

東京居住中にマンドリン楽界の先駆者・比留間賢八や田中常彦、さらに、来日していたイタリア人の音楽家・サルコリに、マンドリンの指導を受ける機会を得ることになる。
大正3(1914)年1月、朔太郎は自宅の奥にあった味噌蔵を改修し、音楽室につくり変えているが、その背景には、両親が音楽への理解があったからこそ建物の改修を許し、費用を捻出したものと思われる。深堀するならば、朔太郎の性質をよく知る両親は、音楽の道を目指すことを期待したとも考えられる。そのことを示す文面が『文學世界』に所収されている。

『文學世界』(大正11年10月号)

私は文學者にだけは成りたくないと思つた。私の希望は音楽家になることであつた。もし私に少しでも音楽の天分があつたら、勿論音楽家になる筈であつた。

この文章からも、音楽家を目指していたことが窺(うかが)える。朔太郎の詩は優しく穏やかなものではなく、激しく感情を揺さぶる詩であることから、本人が言うように文学の道よりも、楽曲と朔太郎の作詞が融合する音楽の方が確かに活かされるかと思われる。
本人も、大正4年から5年の1年間、詩作を中断して音楽に熱中していることや、当時、竹村敏郎宛ての書簡(大正4年11月4日付)に「前橋は一人寂しくギターなど弾き鳴らし居り候」と述べるなど、外にも、同年11月9日付書簡に「田舎に住みては音楽のことより何の楽しみもなきこと」と記すなど、詩作よりも音楽に関心が強かったことを示している。

2章　朔太郎の郷土前橋への憎しみ

一　父親の意思に反して「羽織ゴロ」になった朔太郎

萩原朔太郎の父親・密蔵は、前橋市医師会長に就いたときも、会合の際は二次会には出席しなかったという逸話がある。

彼が平素から嫌っていた人たちは、文士（俳人・詩人など）・新聞記者・無職人とされている。特に、その中でも記者や文人（詩人も含む）を、世の中で無用の者として「羽織ゴロ」を罵倒していたのである。何故かと言えば、戦前の彼らは嘘を平気で言い、いい加減なことを書き、世間から信用されていなかったからと言う。

「羽織ゴロ」とは、羽織を着たゴロツキを言うが、密蔵は長男の朔太郎に対し、何があっても「羽織ゴロ」にはならぬよう言い聞かせていたようである。だが、父親の意思に反して朔太郎は詩の世界にのめり込むことになる。

二　朔太郎の詩から見えてくる空虚感

『廣瀬川』（純情小曲集所収）

廣瀬川白く流れたり
時されればみな幻想は消えゆかん。
われの生涯（らいふ）を釣らんとして
過去の日川邊に糸をたれしが
ああかの幸福は遠きにすぎさり
ちひさき魚は眼（め）にもとまらず。

日曜日の書
わが褕快なる諧謔（かいぎゃく）は草にあふれたり。
芽はまだ萌えざれども
少年の情緒は赤く木の間を焚（た）き
友等みな異性のあたたかき腕をおもへるなり。

ああこの追憶の古き林にきて
ひとり蒼天の高きに眺め入らんとす
いづこぞ憂愁ににたるものきて
ひそかにわれの背中を觸れゆく日かな。
いま風景は秋晩くすでに枯れたり
われは燒石を口にあてて
しきりにこの熱する唾(つばき)のごときものをのまんとす。

当時の人たちから見れば、恵まれた環境にあった朔太郎であるが、常に悩みを抱えた詩人であることが分かる。この詩文『廣瀬川』が、読者に対して勇気や希望を与えてくれたであろうか、そうではないように思う。詩人朔太郎自身の落ち込んだ内実を読み解くだけに過ぎないであろう。

『まづしき展望』(蝶を夢む所収)
まづしき田舎に行きしが
かわける馬秣(まぐさ)を積みたり
雑草の道に生えて

道に蠅のむらがり
くるしき埃のにほひを感ず。
ひねもす疲れて畔(あぜ)に居しに
君はきやしやなる洋傘(かさ)の先もて
死にたる蛙を畔に指せり。
げにけふの思ひは悩みに暗く
そはおもたく沼地に渇きて苦痛なり
いづこに空虚のみつべきありや
風なき野道に遊戯をすてよ
われらの生活は失踪せり。

『さびしい人格』（月に吠える所収）

さびしい人格が私の友を呼ぶ、
わが見知らぬ友よ、早くきたれ、
ここの古い椅子に腰をかけて、二人でしづかに話してゐよう、
なにも悲しむことなく、きみと私でしづかな幸福な日をくらさう、
遠い公園のしづかな噴水の音をきいて居よう、

しづかに、しづかに、二人でかうして抱き合つて居よう、
母にも父にも兄弟にも遠くはなれて、
母にも父にも知らない孤児の心をむすび合はさう、
ありとあらゆる人間の生活の中で、
おまへと私だけの生活について話し合はう、
まづしいたよりない、二人だけの祕密の生活について、
ああ、その言葉は秋の落葉のやうに、そうそうとして膝の上にも散つてくるではないか。

わたしの胸は、かよわい病氣したをさな兒の胸のやうだ。
わたしの心は恐れにふるへる、せつない、せつない、熱情のうるみに燃えるやうだ。

ああいつかも、私は高い山の上へ登つて行つた、
けはしい坂路をあふぎながら、蟲けらのやうにあこがれて登つて行つた、
山の絶頂に立つたとき、蟲けらはさびしい涙をながした。
あふげば、ぼうぼうたる草むらの山頂で、おほきな白つぽい雲がながれてゐた。

自然はどこでも私を苦しくする、
そして人情は私を陰鬱にする、

むしろ私はにぎやかな都會の公園を歩きつかれて、
とある寂しい木陰に椅子をみつけるのが好きだ、
ぼんやりした心で空を見てゐるのが好きだ、
ああ、都會の空をとほく悲しくながれてゆく煤煙、
またその建築の屋根をこえて、はるかに小さくつばめの飛んで行く姿を見るのが好きだ。

よにもさびしい私の人格が、
おほきな聲で見知らぬ友をよんで居る、
わたしの卑屈な不思議な人格が、
鴉のやうなみすぼらしい様子をして、
人氣のない冬枯れの椅子の片隅にふるへて居る。

故郷の前橋を嫌悪する感情が優先し、それらを風景や建造物を通して詩に込めている。

三　郷土前橋への嫌悪感

『田舎を恐る』（月に吠える所収）

わたしは田舎をおそれる。
田舎の人氣のない水田の中にふるへて、
ほそながくのびる苗の列をおそれる。
くらい家屋の中に住むまづしい人間のむれをおそれる。
田舎のあぜみちに坐つてゐると、
おほなみのやうな土壤の重みが、わたしの心をくらくする、
土壤のくさつたにほひが私の皮膚をくろずませる、
冬枯れのさびしい自然が私の生活をくるしくする。

田舎の空氣は陰鬱で重くるしい、
田舎の手觸りはざらざらして氣もちがわるい、
わたしはときどき田舎を思ふと、

いきめのあらい動物の皮膚のにほひに悩まされる。
わたしは田舎をおそれる、
田舎は熱病の青じろい夢である。

朔太郎はこの詩の冒頭で「わたしは田舎をおそれる」としているが、田舎とは郷土前橋のことである。朔太郎は自分の生まれた場所を、自然に囲まれた非文化的田舎町として語っているのである。

しかし、明治25（1892）年の前橋の人口は3万2000人とされ、東京・横浜・水戸に継ぐ関東4番目の市制が置かれた新興都市である。日本有数の糸の町として発展し、朔太郎が青年期を迎えた大正4年には、前橋の人口は5万人を超えている。

また、詩文では「くらい家屋の中に住むまづ（ママ）しい人間のむれをおそれる」と述べているが、まことに高飛車で無神経な書き方である。

裕福な家庭に育ったことで、無意識に出た表現であるが、彼は、見下した言いまわしでしか詠えない詩人ということになる。

朔太郎は回想のなかで、「自分は良家に生れ、何不自由もなかった」と述べており、詩作にあたり、世間の厳しい目をどの程度理解していたか疑問だが、貧しい人間をおそれると言い切っており、汗水流して働く人々を横目に見て、ぶらぶらしている朔太郎自身、人々が冷たい視線を示す理由が分かっていたからこそ、恐れたものと推察する。

群馬県出身で講談社を創設した野間清治氏が、自伝の中で、働かないで家にいたときほど苦しい時期はなかったと言っており、何故、苦しいかと言えば、近所の人たちの噂になると述べている。朔太郎が郷土前橋を回顧するため、東京移住直後に書いたエッセイ『或る詩人の生活記録』に、そのヒントがある。

『或る詩人の生活記録』

荒寥とした關東の平野の中に、古時計の錆びた機械のやうな、ひつそりとした田舎の町が眠つてゐた。その町の家竝の上には、平野の低い空がひろがつてゐて、鴉のやうな火見櫓が、いつも北風の中に咆えてゐた。

さうした上州の小都會、M市といふ所で私は生れ、長い年月の間、孤獨にさびしく暮してきた。何物も、私の求めるものはそこには無かつた。退屈な、刺激のない、単調な田舎の生活が、日々に私を苛々(いらいら)させ、あてのない空虚な鬱憤を感じさせた。私と町の人々とは、理由のない感情から、互に漠然たる敵意を感じ合つてゐた。(後略)

このエッセイでは「退屈な、刺激のない、単調な田舎の生活」と述べているが、職に就かずにぶらぶらしているボンボン息子としては単調な田舎暮らしであろう。彼らしい何とわがままな詩であろうか。

「私と町の人々とは理由のない感情から敵意を感じあっていた」と嘯く。また、町の人々から冷たい視線を浴びせられていることが何故なのか理由が分からないと嘯いているが、「裕福な家庭に育ち、職に就かずに詩や音楽に時間を費やす日々を、負目としていた」と彼はいみじくも述べている。

感性を求められるべき詩人が、知らないはずはないのである。そこで、『純情小曲集』（大正14年8月15日）の自序・出版に際して記載された文面を紹介しておきたい。

『純情小曲集・出版に際して』

（前略）

郷土！　いま遠く郷土を望景すれば、萬感胸に迫つてくる。かなしき郷土よ。人人は私に情なくして、いつも白い眼でにらんでゐた。單に私が無職であり、もしくは變人であるといふ理由をもつて、あはれな詩人を嘲辱し、私の背後から唾をかけた。「あすこに白痴が歩いて行く。」さう言つて人人が舌を出した。

少年の時から、この長い時日の間、私は環境の中に忍んでゐた。さうして世と人と自然を憎み、いつさいに叛いて行かうとする、卓抜なる超俗思想と、叛逆を好む烈しい思惟とが、いつしか私の心の隅に、鼠のやうに巣を食つていつた。（後略）

この文面の中で「單に私が無職であり、變人であるといふ理由をもって…」と、明快に述べており、「かなしき郷土よ、人人は私に情なくして」と非難している。朔太郎が自立しないでぶらぶらしていることは、萩原家の屈辱的な問題でもあった。

四　朔太郎に対する家族の苦悩

父親の密蔵は文学者を「羽織ゴロ」と称し、嫌っていたことは周知のとおりであるが、町の名医であり名士であることから、患者や町の人々との接触のなかで、息子が職に就かず、父親の金銭に頼ってぶらぶらと過ごしている噂を耳にし、困惑していたものと推測できる。

朔太郎の良き理解者であった従兄・萩原栄次の息子・隆は、エピソードを語っている。

「私が食事でぐずぐずしていると、きまって言うのは、そんな食べ方をしていると、今に朔ちゃんみたいになるよ」

これは、朔太郎に対する評価である。家族は無論、萩原家の一族にも噂が伝わっていたことを示しており、萩原隆は、書簡を収録した著書『若き日の萩原朔太郎』（筑摩書房）において、朔太郎の文学仲間である室生犀星が前橋に訪れた際、萩原家の近所にある理髪屋で起こった出来事を載せているので簡単に紹介したい。

犀星が理髪していると、来客と店主が世間話を始め、「萩原のバカ道楽息子には困ったものだ、いい年をして何の仕事もせず、酒ばかり飲んでいる」と。この話を聞き耳していた犀星は立腹したと言う。

（注記）大正３（１９１４）年に、朔太郎は室生犀星・山村暮鳥と「人魚詩社」を結成し、ゴンドラ洋楽会を編成。後に、犀星と２人雑誌『感情』を創刊する。しかし、これによって収入を得たわけではなく、父親の援助は続くことになる。

朔太郎は『感情』を創刊しているが、郷土の人々が朔太郎に向ける敵意を理由なき感情とすることで結実した詩人と言ってもよい。即ち、郷土前橋を田舎とこきおろすことで、いつも都会を求めるかのような詩を形成しており、一言で言うならば、自らの感情を優先するため、詩の幅が非常に狭く感じるのである。

五　郷土前橋を憎悪し、都会を拠り所とした

郷土前橋を憎悪する詩とは対照的に、都会を拠り所とする詩を発表している。『青猫』所収『群集の中を求めて歩く』に見える。

『群集の中を求めて歩く』（青猫所収）

私はいつも都會をもとめる
都會のにぎやかな群集の中に居ることをもとめる
群集はおほきな感情をもつた浪のやうなものだ
どこへでも流れてゆくひとつのさかんな意志と愛欲とのぐるうぷだ
ああ　ものがなしき春のたそがれどき
都會の入り混みたる建築と建築との日影をもとめ
おほきな群集の中にもまれてゆくのはどんなに樂しいことか
みよこの群集のながれてゆくありさまを
ひとつの浪はひとつの浪の上にかさなり
浪はかずかぎりなき日影をつくり　日影はゆるぎつつひろがりすすむ
人のひとりひとりにもつ憂ひと悲しみと　みなそこの日影に消えてあとかたもない
ああ　なんといふやすらかな心で、私はこの道をも歩いて行くことか
ああ　このおほいなる愛と無心のたのしき日影
たのしき浪のあなたにつれられて行く心もちは涙ぐましくなるやうだ。
うらがなしい春の日のたそがれどき
このひとびとの群は　建築と建築との軒をおよいで

どこへどうしてながれ行かうとするのか
私のかなしい憂鬱をつつんでゐる　ひとつのおほきな地上の日影
ただよふ無心の浪のながれ
ああ　どこまでも　どこまでも　この群集の浪の中をもまれて行きたい
浪の行方は地平にけむる
ひとつの　ただひとつの「方角」ばかりさしてながれ行かうよ。

『青猫』の冒頭には「この美しい都會を愛するのはよいことだ。この美しい都會の建築を愛するのはよいことだ」とあるように、都会を絶賛しているのが分かる。

『青猫』

この美しい都會を愛するのはよいことだ
この美しい都會の建築を愛するのはよいことだ
すべてのやさしい女性をもとめるために
すべての高貴な生活をもとめるために
この都にきて賑やかな街路を通るのはよいことだ
街路にそうて立つ櫻の竝木

そこにも無數の雀がさへづつてゐるではないか。
ああ　このおほきな都會の夜にねむれるものは
ただ一疋の青い猫のかげだ
かなしい人類の歴史を語る猫のかげだ
われの求めてやまざる幸福の青い影だ。
いかならん影をもとめて
みぞれふる日にもわれは東京を戀しと思ひしに
そこの裏町の壁にさむくもたれてゐる
このひとのごとき乞食はなにの夢を夢みて居るのか。

前項の『田舎を恐る』（月に吠える所収）とは正反対の詩であるが、『群集の中を求めて歩く』（青猫所収）には、都会の群集は、大きな感情を持った一つの大波のようなものであるとしており、前橋では朔太郎が恐れる冷たい視線を感じるが、都会では、大浪にもまれても気持ちが休まると言うのである。

（注記）郷土前橋を嫌悪する詩は、月に吠えるの『孤獨』『さびしい人格』、青猫の『厭らしい景物』『白い牡鶏』『蝶を夢む』『まづしき展望』『農夫』に見られる。

六　郷土前橋を捨てた朔太郎

朔太郎は東京移住に際して大正14（1925）年に「郷土望景詩」が収録されたが、前書きと朔太郎の詩集・第四詩集『純情小曲集』の序文「出版に際して」で以下のように記している。

『郷土望景詩・前書き』

最近長く住みなれた故郷を捨てて、家族と共に東京へ移住することになつた。ここに掲げる数編の詩は、郷土における私の生活—それは悔恨と孤獨に沁み入り、屈辱に歯がみし、そして灼くやうな憤怒に燃えながら、しづかに自分を堪へてゐた—の記録であり、悲しみの烈しくくして純情の爆発せる詩篇である。

『純情小曲集・出版に際して』

（前略）

人の怒のさびしさを、今こそ私は知るのである。さうして故郷の家をのがれ、ひとり都會の陸橋を渡つて行くとき、涙がゆゑ知らず流れてきた。えんえんたる鐵路の涯へ、汽車が走つて行くのである。

郷土！　私のなつかしい山河へ、この貧しい望景詩集を贈りたい。

西暦一九二五年夏

東京の郊外にて　　　　著者

この序文から分かるのは、「故郷の家をのがれ」とあるが、これは郷土前橋への嫌悪から「郷土を捨てた」ことが読み取れる。

『秋日漫談・私の郷土』

私の郷土上州前橋は、上州の中でも上州氣分を最も現はした土地である。田山花袋さんはやつぱり上州から出てゐるが、田山さんはたしか館林の生れだつたと思ふ。おなじ上州でも館林と前橋とでは氣風がすつかりちがつてゐる。（中略）

前橋はまことに殺風景だ。濕りつ氣のない、甚だ乾燥した土地だ。だから茶の湯とか音樂とか、凡てさういふ遊藝といふものが殆どない土地である。つまり概して美的情操の缺けた土地なのである。それら傳統といふことの全然ないところだ。（後略）

朔太郎は、「美的情操や傳統のないところ」であると、郷土前橋の風土や文化を批判しているが、確かに伝統文化に対して現在でも無関心なところがあるのは事実である。例えば、前橋市は「前橋城址地」（市有地）を、平成28（2016）年に国の合同庁舎建設用地として提供（等価交換）し、埋蔵文化財である城跡を破壊している。文化財保護法順守の啓蒙を呼びかける立場の行政が、文化財保護法に違反している。

しかも、破壊する以前から「歴史文化遺産活用委員会」なるものが前橋市文化国際課内に発足していたにもかかわらず、何ら機能しなかったことは行政による歴史的汚点と言われている。朔太郎が百年以上前に述べているとおり、前橋城址は文化財保護法に反して、行政の手によって破壊され、前橋公園は今でも殺風景であり、今も人が寄り付かない処になっている。ちなみに、前述したように、朔太郎の生家が他人に渡ったのも行政の失態である。

敢えて言うならば、朔太郎の生地でない場所に、膨大な歳費を費やして再移築するのであれば、城跡でもあり、市の中心にある前橋公園を美しく整備すべきである。その方が、市民にとって癒される空間として親しまれるはずであろう。

3章　朔太郎の横恋慕

一　朔太郎とナカ（エレナ）との初対面

朔太郎が恋に落ちた女性とはエレナと言うが、この名は洗礼名であって、馬場ナカというのが本名である。ナカは父・馬場常七と母・きよ（洗礼名ニーナ）の三女として、明治23（1890）年6月19日に前橋桑町で生まれる。

朔太郎の妹・ワカと馬場ナカ（エレナ）は女学校の同級生であり、ナカの実家は前橋桑町（現・千代田町中央通り）で伊勢屋という薬種商（薬問屋）を家業としている。同じ町内に薬問屋の馬場家と医院である萩原家が存在しており、数百メートルの距離であることを考えるならば、何等かの接点があったように思われる。

朔太郎の妹と同級生であり、幼いときから妹を通して馬場ナカ（エレナ）とは顔見知りであったことは十分頷ける。そのことを考えると、中学時代から彼女に恋心を懐いていたとしても間違いではなさそうである。

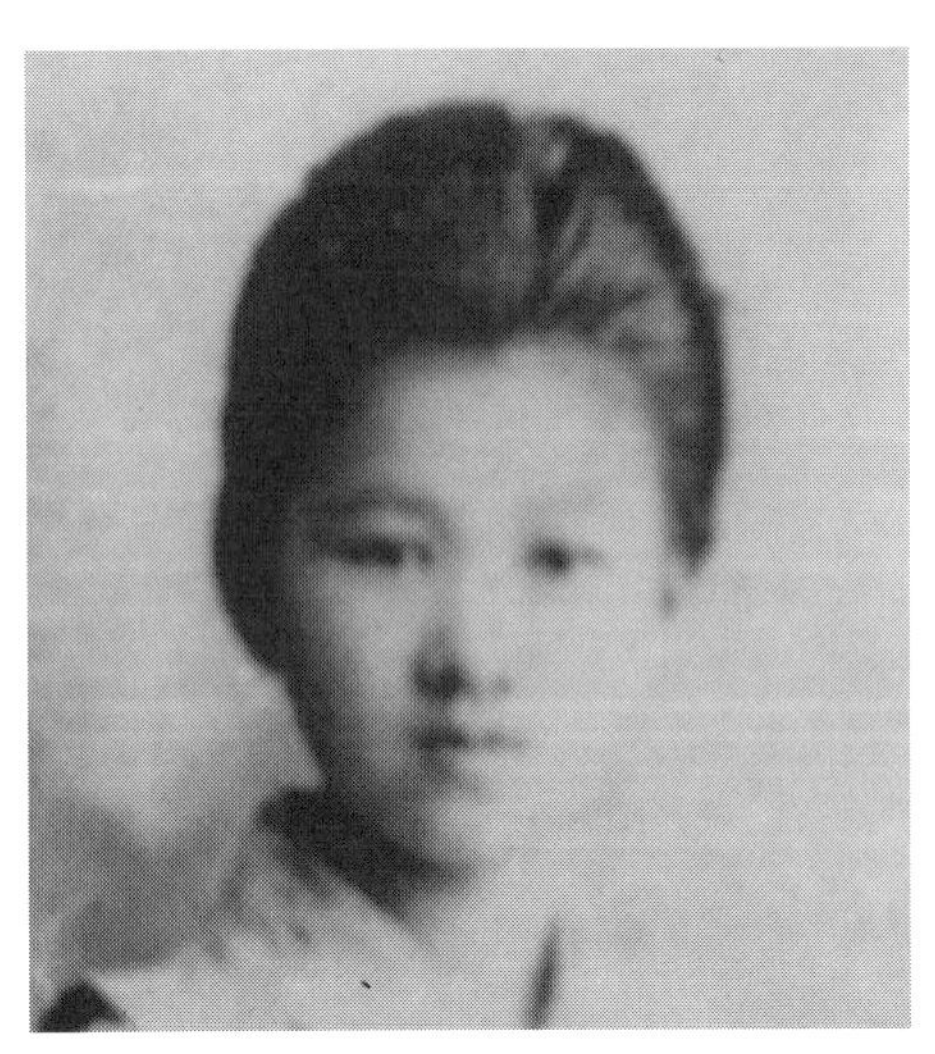

馬場ナカ（エレナ）（提供：群馬郷土史研究所）

信用のおけるところでは、馬場ナカ（エレナ）の甥にあたる馬場文雄の発言があり、それによれば、「面識をもったのは女学校の頃のお正月のかるた会の時だった」と話している。

馬場ナカ（エレナ）が共愛女学校に入学したのは明治36（1903）年であることと、明治38年2月、朔太郎が従兄の栄次に宛てた書簡内容には、その年のかるた会を不参加した旨が書かれており、即ち、明治37年正月におこなわれた「かるた会」で、馬場ナカ（エレナ）と朔太郎が面識をもったと推定できる。

（注記）朔太郎と馬場ナカ（エレナ）（明治23年生まれ）とは、4歳の年齢差がある。朔太郎が詠んだ初期の短歌の多くや、明治37年12月に発表した新体詩「君が家」は、馬場ナカ（エレナ）をモデルにしたものであると言う。

二　朔太郎の横恋慕

朔太郎が馬場ナカ（エレナ）に横恋慕していたことが事実と分かったのは、エレナの孫にあたる小野里隆一郎が、旧前橋中学校同窓会誌『紅雲』第5号に載せた「萩原朔太郎の片思い」によるものである。

『紅雲』

昨年、彼の生誕90年祭に当り、同新聞記者が調査の結果、前橋市立図書館に展示された日記に依れば、朔太郎は人妻（筆者：エレナ）に対し、音楽会に勧誘する手紙を出しているが、相手（筆者：エレナ）に拒否されて憤慨したとの事、彼（筆者：朔太郎）は案外意気地の無い男だつたと思う。

『紅雲』に書かれたことが、大正3（1914）年1月の『萩原朔太郎の日記』にも記されている。ここに述べられている人妻とは、エレナのことであるが、既に結婚しており、他人に嫁いだ女性を誘うこと自体、ナンセンスである。断わられたから憤慨したなど言語道断であろう。

小野里隆一郎は『萩原朔太郎の片思い』の一文に記しているように、仮に彼女が朔太郎の熱意にほだされたら、離婚して彼の許へ走るであろう。しかし、そうではなかったわけであり、相手に拒否されたことに怒るようでは、モラルの点からも凡人以下と言っても止むを得まい。

（『萩原朔太郎ノート・「ソライロノハナ」私考』）

『萩原朔太郎の日記』

一月十日

S・N子に手紙を書くわが熱は甚だ冷たし、一月二十四日S・N子より返信來る。何たる冷淡。何たる侮辱ぞや、彼の意のあるところ殆ど解すべからざるも、その心冷えたるは推するに足る。

一枚の白紙は何の意ぞ、或は之を火にかざし、或は水にひたせるも白紙は依然として、白紙なりき、余は既にこのたはむれに飽きたり、危険を冒してまでかかる児戯を、つづくる必要何處にありや

S・N子とは、佐藤ナカ（エレナ）のイニシャルであるのは間違いなく、彼女が拒否したのは何も批判される行為ではない。

この時期、佐藤ナカは病に侵され湘南の療養所に入院していたとみられ、朔太郎から来た恋文は、夫によって対応せざるを得なかったものと推察する。

いずれにせよ、佐藤ナカへ恋文を出すこと自体不見識であり、朔太郎の行為は不純なものであることは言うまでもない。まして、冷淡とか侮辱したと憎悪するのはお門違いであり、ここに詩人・朔太郎の限界があるような気がしてならない。

『哀しげなる詩人の手紙』

（前略）

僕は、彼女の家に乗り込んでいつて、彼女の家族だらうが、亭主だらうが、さういふ奴らの見てゐる前で、彼女を抱き、犯してしまへばいいのだ。

僕は僕の獣の自由のままに、彼女を犯すのだ。むろん、それがいやなら、彼らは彼らで、僕といふ獣を撃ち殺すのも自由なのだ。彼女を犯してゐる僕を、彼らはぴすとるで撃てばよいのだ。

さあ、撃つなら撃て。

僕は、胸をはだけて叫ぶ。

むなしい叫びを叫ぶ。

彼女が、僕に白紙の手紙をよこしたことは、もう君に言つたらうか。

大正三年の一月二十五日、高崎でやつた音楽会のことだ。僕はこの演奏会でマンドリンを弾くことになつてゐた。

その音楽会に来るやうにと、僕はS・N子に手紙を書いたのだ。その返事が、ああ、何たる冷淡、何たる屈辱ぞや、白紙であつたのだよ。

僕にはS・N子の気持がわからない。

その意のあるところ、殆ど解すべからざるも、その心冷えたるは推することはできる。

演奏会の前日、僕は、この白紙の手紙を持つて、一日中家の中をうろつきまはつた。台所で、紙を水につけたり、火で炙つたりしたのだが、どういふ文字も言葉も浮かんではこないのだ。

もう、やめようと思つた。

危険を冒してまで、かかる児戯を繰り返す必要がどこにある。

恋にあらざる恋。これ以上の無益なる芝居を試むる愚をなす勿れ。

これを機会として二度と彼女と通信をなすことをやめん。少なくとも、彼女より求めて来るまで余は彼女を忘れん。

たうとう、その日はマンドリンの練習にも手がつかず、送られてきた『中央公論』の「捨てられるまで」を読み終へてしまつた。

読み終へて、悲しくなつた。我が半生には一つの悲劇も一つの喜劇もあらざりき。

室生君。

笑つてくれたまへ。

それでも僕は、翌日の十二時十五分の汽車で高崎へ向かふ時、S・N子がもしや乗り合わせてはゐないかと、きよろきよろと車内を見回したり、向かうの車輛まで歩いてその姿を捜しに行つたりしてしまつたのだよ。

高崎での演奏会は、さんざんだつた。

ドナウヴエレンはピアノの出が失敗したために目茶目茶になつてしまつた。第一、音がどうしても思はしく出ない。

さういふ最中でも、僕は、舞台の上から、S・N子の姿を捜し続けてゐたのだ。

演奏会の後で、僕は、若いハイカラな美男子に話しかけられた。いやに慇懃で、しかも慣れ慣れしい男だつた。ピアノとマンドリンの話をし、別れたのだが、これがなんと、あとで知つてみれば、佐藤といふ名のドクトルであつたのだ。

佐藤ナカの亭主だつたのかもしれない。

S・N子は、自分のかはりに自分の亭主を僕の演奏会によこしたのだらうか。

考へてみれば、僕はS・N子の亭主の顔を知らないのだつた。もしかしたら、彼のドクトルは、S・N子とは何の関係もないただの男であつたのかもしれない。

しかし、ドクトルといふのは、何といふ偶然だらう。S・N子の嫁した先の家も、佐藤といふ医師なのだ。ああ、こんなことなら、話しかけてきた佐藤の名前まで訊いておけばよかつた。いや、さうではない。訊いてしまつたら、その佐藤がS・N子の夫であるのかさうでないかがわかつてしまふ。わからないのなら、僕は、これからこの時のことを考へる時、いつも、彼の身の上について、S・N子の夫であるとも、さうでないとも、好きな方を選べばよいからだ。

これは、負け惜しみだらうか。

もし、あの佐藤がS・N子の夫ならば、彼は柔和な笑みの下で、この僕をずつと嘲嗤(あざわら)つてゐたのだらうか。

知つてゐるぞ。

知つてゐるぞ。

あなたは、僕の妻に恋をしてゐるのでせう。

僕の妻を抱きたいと想つてゐるのでせう。

でも、妻が愛してゐるのはあなたではなく、この僕なのです。それが証拠に、妻はここには来てゐないでせう。妻はあなたからの手紙を全部僕に見せて、それではと、かはりに僕がかうしてやつてきたのです。頭のいいあなたなら、わざわざ僕が、S・N子の亭主であると名告らずとも、それがわかるでせう。それをわかつて下さればいいのです。僕がそれを口にしないのは、事をあらだてたくないからです。事をあらだてたとて、誰も幸福にはなれません。あなたも困るでせう。僕たちも困ります。僕たちといふのは、はつきり言つておけば、僕と、S・N子のことなのです。だから僕は、かうして、あなたと笑顔だけでお話をしてゐるのです。今は、マンドリンやピアノの話をしてゐますが、本当は、話の内容などはどうでもいいのですよ。僕の目的は、あなたとかうやつてたあいのない話をし、あなたに、僕が何者であるかを知つていただくといふだけのことなのですから……

なんといふ屈辱。

彼がもし、S・N子と関係がないのなら、僕はその時、意味のない屈辱を味はつてゐたにすぎないのだらうか。

ああ、えれない――

いいや、いいや、そんなことはない。

そんなことはない。

相手が誰であらうと、僕の心にさういふ屈辱の想ひが浮かんでしまつたといふことが問題なのだ。この屈辱の想ひは一生消せないだらう。


朔太郎と佐藤ナカ（エレナ）が相思相愛の仲であるならば、たとえ相手が既婚者でもあり得るはなしであるが、朔太郎は、一方的な熱愛感情から述べており、この文面の正当性は存在しない。現に、彼は佐藤ナカの自宅へストーキングしていることや、文中にも、独りよがりのところが見えており、病的な異常性さえ感じる。

「僕の妻を抱きたいと想ってゐるのでせう」とあるのも異常であり、通常の精神では理解に苦しむ。

『或る詩人の手紙』

（前略）

あの日は、よく晴れてゐた。

僕は、江ノ電の座席に腰を下ろしてゐた。

腰越を過ぎると、青い海と空が、車窓に広がつた。ぼくは、その水色の窓に頭を乗せて、ずつとひとりの女のことばかり考へてゐた。

彼女は、クリスチャンだつた。

洗礼名を、エレナといふ。

エレナは、僕よりも四歳から五歳年下で、当時二十四、五歳であつた。すでに書いたと想ふが、彼女は人妻であつた。

僕の妹のワカの同級生だつた女性だ。

かなり前から、胸を病んでゐて、これまでに何度も、こちらの方へ療養に来てゐる。以前は平塚で療養してゐたのだが、今回は、七里ケ浜の漁師夫婦の家に、離れをひとつ建て増しして、そこに住んでゐるのである。

白状しておくが、僕が、エレナを訪ねるのは、実は、これが初めてではない。

この離れを訪れるのも二度目であり、明治四十四年——三年前、彼女が平塚の佐々木病院で療養中のをりにも会ひに行つてゐるのだ。

会ひにゆくたびに、もうこれつきり、もう今回限りと思ふのだが、つい、彼女のもとへ足を向けてしまふのだ。

ああ――

室生君よ、僕を軽蔑してもかまはない。

僕は、彼女が胸を病んでをり、ただひとりで療養してゐることを知つた時、胸が騒いだのだ。そして、ああ、なんと僕は彼女の病気を天に感謝しさへしたのだよ。

僕は、わざと、七里ヶ浜の手前の駅で、電車から降りた。

駅のすぐ先が砂浜だ。

僕は、ゆつくりと砂を踏んで歩く。

右手が青い相模湾である。

汚れた僕の心が、その青い風と光にさらされて、いつそう露はになつてゆくやうな気がした。

この海岸を、病んだ犬のやうに歩きながら、僕はエレナの膝元にたどりつくのだ。

向かうに、松林が見えてゐる。

あの松林の奥に、エレナの住む家がある。

その家の背後は、雑木林に表面を被はれた小高い山だ。

その雑木林の中に、ぽつんと教会の屋根の尖塔と、十字架が見えてゐる。

花を満開にした桜が、教会を包んでゐて、海から風が吹く度に、青い空に、無数の花びらを飛ばしてゐる。風に、山の斜面を吹きあげられた花びらが、点々と白い。

夢のやうな風景であつた。

松林が近づいてくると、ほどなく、その林の陰になつて、教会の尖塔は見えなくなつた。

僕はゆつくりと、松林の中に足を踏み入れる。

四月――

今年は、やけに雪が多かつた。

春先まで、温暖なこの地方にも雪が残つてゐたはずだ。

しかし、今、あたりは春の気配が濃く立ち籠めてゐる。

來る途中の車中からの眺めに、菜の花の黄色をたくさん見てゐる。

頭上で、蕭々と松葉が、海からの風に鳴つてゐる。

エレナの家が、見えた。

木造の、一階建て。

古い母屋のすぐ横に、エレナの住む部屋が建て増しされてゐる。

母屋の方には、七十歳に近い漁師夫婦が住んでゐるはずであつた。

一日に三度の食事の世話と、洗濯ものを取りに来る他は、夫婦は、エレナの部屋にはやつて来ない。

前に、ここにやつてきた時も、僕は、老夫婦の顔を見ずに済んだ。

もし、顔を合はせたとしても、こちらの方の言ひわけは用意してある。

なにしろ、エレナとは、その主人である人間よりも、僕は古いつきあひなのだ。彼女がまだ、僕の妹の同級生であつた頃から見知つてゐるのである。

近くに来たので、幼なじみの見舞ひにやつてきた――

さういふことになつて居る。（後略）

『暗澹たる詩人の手紙』


（前略）

正確に書かう。

この萩原朔太郎が愚かしくなり、愚かしい行爲をするやうになるといふことだ。

S・N子が、えれなであるといふことは、すでにもう君に書いたらうか。

えれなは、君も知つてゐるあの忌まはしい病気にかかつてゐる。

その療養のために、彼女はよく鎌倉の海岸に近い、漁師夫婦の離れにゆくのだ。

えれなが、前橋を離れてそこへ療養にゆくたびに、僕の心が昏い悦びで震へるのを君は知つてゐたらうか。

えれなに会へる。

誰にも内緒で、ぼくはえれなに会へるのだ。

君も知つての通り、えれなは人妻だ。

ある医師（ドクトル）の妻なのだ。

同じ前橋に住んでゐながら、僕はえれなに自由に会ふことができないのだよ。えれなは、二十歳の時に、今の亭主と一緒になつてしまつたのだ。

えれなは、僕の妹ワカの同級生で、同じ共愛学園の生徒だつた。

当時は、馬場ナカといふ名前だつたのだが、結婚して、S・N子となつてしまつたのだ。

だから、どんなに僕がえれなに会ひたくとも、自由に会へるわけではないのだ。

しかし、えれなが前橋を離れて鎌倉へゆけば、僕らは自由に会へることになる。

だから、えれなが療養にゆくのを知ると、僕は激しい悦びを身の裡に覚えるのだ。

大正三年のあの頃、僕が何度も上京したのは、それだけえれなに近くなるからだ。東京にゐれば、えれなに会ひにゆく機会が増えるからだ。

君と一緒に東京にゐる時に、時々、僕がひとりでゐなくなつてゐたのは、あれはえれなに会ひに行つてゐたからなのだ。

五月の、あの時もさうだつた。（中略）

五月にえれなに会ひに行つたのは、その三月の時以来のことだつた。

この時も、三月に訪れたをりのやうに、空は晴れてゐた。

今回も、七里ヶ浜の手前の駅で電車を降り、僕は砂浜を歩きながら、えれなの療養してゐる家に向かつて歩いていつた。

今回の訪問もまた、えれないには知らせてゐない。

突然の訪問である。

僕は、自分の心の中の不安と闘ひながら砂を踏んでいつた。

えれないは、僕を迎へ入れてくれるだらうか。

この前は、僕はほとんど一方的にえれないの唇を奪つてしまつた。

あのことについては、すまないことをしてしまつたと思つてゐる。しかし、あの時、あれ以外に僕は他に何をするか方法を持つてゐなかつたのだ。

後悔などはしてゐない。

この僕はだ。

しかし、えれないは違ふかもしれない。

えれないは、僕を恨んでゐるかもしれない。

「もう、いらつしゃるのは、これでやめにして下さいまし……」

帰り際に、僕はえれないにさう言はれてしまつたのだ。


この文面からも、朔太郎の一方的な強引さを垣間見ることができるが、好きでもない人の訪問に、エレナは相当苦しんだものと思われる。しかも、病に伏しているエレナの唇を奪ったというのである。まさに尋常ではなく、エレナの夫のことを考えたならば、許される行為ではない。

「もう、いらつしゃるのは、これでやめにして下さいまし……」とあるように、朔太郎の尋常でない病的行動は、現在であれば異常なストーキングとして、問題視される犯罪行為である。

朔太郎に常識は通じないと思われるが、病気見舞いは相手の許しを経て、時間を決めて伺うのが常である。

病んでいる彼女の快復を祈るでもなく逢おうとする一方的な熱愛に、エレナとしては夫に対する心苦しさと、病にも影響を与えていることが窺える。

『彷徨へる詩人の手紙』

（前略）

僕の書いた精神的に不安定といふことについては、君も察しがつくだらう。

エレナのことだ。

ちやうどそのころ、エレナが前橋からゐなくなつてしまつたのだ。

エレナの家に出入りをしてゐる酒屋からそれとなく話を聞き出してみたら、なんと、エレナはまた鎌倉に行つてしまつたといふではないか。

七月の鎌倉は暑い。（後略）

父親の資金援助を受ける身で、人妻に横恋慕し、そのプロセスを日記のように散文する朔太郎の生き様に、詩人としての価値や偉大性は発見できない。
前後するが、明治44（1911）年2月8日付で、朔太郎が妹・津久井幸子宛てに送った葉書を紹介しておきたい。

（注記）津久井幸子（ゆきこ）は、明治27年11月21日に生まれており、朔太郎と8歳違いの妹である。明治43年10月、医師の津久井惣治郎と結婚して山形に赴くが、明治44年前橋に戻り、萩原医院を手伝うことになる。

『津久井幸子宛書簡』（明治四十四年二月八日付葉書）

今朝もふらりと家を出て銀座を散歩している中に、何だか急に海へ行きたくなつた。何となく東京を逃げ出して見たい気がして来た。そこで新橋の停車場へ行くと丁度○○行きの列車が今発車するところなので前後の考えもなしにその汽車に乗り込んで仕舞つた。

そこで今は相南のある海岸を散歩している。冬の海は只青い青い一面の布を拡げたようで（中略）私は今砂の上に寝転んで此の葉書をかいて居る。私の胸には色々な悲しいことが湧き立つて晴れ渡つた青空を眺めて居ると涙が頬に伝はる。凡ての人、凡ての世の中と衝突してみたい。失意の青年には慰籍もない。

私の思ふこと考へることは父にも母にも通じない、今夜はここの宿に泊まる。気狂といふ人には勝手に言はしておく、さよなら。

父にも母にも通じないと言うが、明治42（1909）年、馬場ナカ（エレナ）は佐藤清と結婚して、2年が経過したにもかかわらず、人妻を思慕する朔太郎の気持ちを、両親が理解するはずもない。

反省の色もなく妹・幸子に手紙で思いを伝えることに、普通ではない異常性を感じざるを得ない。

三　人妻・エレナへのストーカー行為

明治42（1909）年、第六高等学校在学中の朔太郎が横恋慕した馬場ナカは、同年9月、高崎の佐藤清医師のところへ嫁ぎ、大正3年5月、洗礼を受けてエレナと号している。

この年の11月7日、朔太郎は夜に高崎のバーで酒を飲み、その勢いで佐藤家に嫁いでいたエレナを一方的に訪ねるというストーカー行為に出ている。

恋心がエスカレートしたでは済まされない犯罪行為であり、正気の沙汰とは思えない。これは、ストーキングの特徴であるが、エレナの夫より咎められ、今後、エレナに手を出さぬよう出入りを禁じられたのも当然のことである。

その後、朔太郎は「身も世もない」とする内容の書簡を友人の北原白秋に送り、同時に、従兄の萩原栄次や河野慎吾にも送付している。これらの書簡を紹介しておきたい。

（注記）河野慎吾は白秋門下の歌人であるが、朔太郎が東京に遊行時に親交があったとされる。『河野宛書簡』は東北学院大学論集第65に久保忠夫が古書展目録から読み取り発表したものである。

『北原白秋宛書簡』（大正三年十一月七日付）

今夜高崎へエレノに逢つた、口笛を吹いたけれども出て來ない、二時間あまりも家の前で様子をうかがつたけれども要領を得ないので引きあげました、いま高崎柳川町、菊のバア（原名喜笑亭）で飲んで居ます、癪にさわつてたまらない、エレナとも絶交だ、（後略）

この書簡内容には目を疑うが、異常というよりも病的な気がしてならない。2時間余りも家の周りをうろちょろしているだけでも、不審者と見做されるが、エレナは結婚した女性であるのに、佐藤家の許しも得ずに押しかける神経は尋常とは思えない。

逢えずに柳川町のバーに引き上げた朔太郎は、「エレナと絶交だ」と述べているわけであるが、正気の沙汰ではない。その後、再びエレナの家に向かい、今度は夫に対してエレナとの秘密を暴露したというのである。

そのことが、翌日に書いた北原白秋宛の書簡から読み取れる。


『北原白秋宛書簡』（大正三年十一月八日付）

ゆうべあれから大へんなことをしてしまひました、また未練にもエレナに逢ひに行つたのが失敗のもとです、今朝あたりはエレナの家で大騒ぎをして居るにちがひない、惡くすると私はもう郷里に居ることが出來なくなるかも知れない、ああもう考へると苦しくなる、死にたい、ピストルで一發ずどんとやりたい、私はエレナのハズに本名を知らした、長い間祕密にして居た二人の交歡もこれて（ママ）おしまひだ、酔つぱらつたとは言ひながら何といふ馬鹿なことをしたものだ、死にたい、死にたい、

北原白秋宛の7日付書簡では、「エレナとも絶交だ」と強気の文面であったが、こんどは、「未練にもエレナに逢いに行ったのが失敗のもと」と後悔しているようにも見える。

ここに朔太郎の優柔不断な精神状態が垣間見える。前日、朔太郎は高崎のバーで飲み、その勢いでエレナの嫁ぎ先である佐藤家に向かい、家の前で口笛を吹いて2時間程うろちょろした挙げ句、再び、柳川町のバーに戻り、白秋宛の手紙を書き上げると、再度、若松町の佐藤家（エレナ

の自宅）に向かったことになる。

「未練にもエレナに逢いに」という言葉を使っているが、一方的な感情で、強引にエレナに逢おうというのであるから、口語詩人のなせる技なのか、この神経には驚く。

『河野慎吾宛書簡・東北学院大学論集』（大正三年十一月八日付）

室生君の方はどうなつたか知らないが、それどころか、今度は僕の方に大事件が始まつた。僕はことによると市民嘲笑の指呼の間に郷里を逃げ出さなければならない、ゆうべ高崎でひどくよつぱらつて取返しのつかないことをしてしまつた。

エレナの××を恐喝し、エレナに手紙をぶつつけたのだ、長い間の祕密は暴露した。僕は手紙に本名を書いたのだ、もう今朝は生きた気がしない。ピストルで自殺したい、ゆうべの行爲を考へるといくら後悔しても及ばない、大失体だ。

この書簡は、文人仲間の河野慎吾に宛てたものであるが、既婚者に許しを得ずに押しかけ、××を恐喝し、秘密を暴露するなどストーカー行為をしたことは事実であり、今の時代ならば刑法に定める恐喝罪として、刑事事件に発展する事案である。

××への恐喝とあるが、この××とはエレナの夫であろう。また恐喝の内容は、エレナとの恋仲であることを暴露した意味かと思われる。どの程度の関係にあったか知る由もないが、「長い間の秘密を暴露した」と書簡にはある。エレナは明治42（1909）年に佐藤家に嫁いでおり、2人が深い関係にあったとは考えづらい。そこで検証してみることにした。

エレナが結婚したのは明治42年であるが、2年前の明治40年9月、朔太郎は熊本県第五高等学校に入学している。即ち、朔太郎は郷里を離れている。

翌年の7月には、進級することができなくなり、岡山県第六高等学校転校となるが、ここでも、明治43年2月に中途退学している。

その後、郷里には戻らずに東京に滞在することになるわけであり、エレナが結婚する以前の2年間は郷里から離れており、遠距離交際した痕跡は無論、2人の間に恋文（手紙）を交わした痕跡もなく、深い関係とか恋愛関係ではなかったことになる。

要するに、エレナへの横恋慕でしかなかったのである。詩文では許されるとしても、このように卑劣な行為を嘯いたことは、一種の脅迫であり、現代であればマスコミは黙っておらず、大変な騒ぎとなったことであろう。

エレナを心の底から愛するならば、エレナを陥れるような暴言はしないものである。むしろ、彼自身は親のスネかじりであることを考えたならば、経済的に恵まれた佐藤家に嫁いだエレナの幸せを祈り、祝福すべきであろう。

詩人として、幸せを祈って素晴らしい詩を捧げる方が彼のためにも区切りがつくはずである。自分の恋する女性が他人の妻となったことから逆上し、詩人・朔太郎の内包された感情が憎しみや怨念に変わり、吹き出したものとみるが、ストーカーをする者の一致した病的行為である。

いかにも朔太郎らしく振幅の大きいことに驚く。また、ピストルで自殺したいなどと過激な言葉は嘘である。

11月8日付の北原白秋への書簡でも述べているが、本音ではないことはその後の行動をみれば明らかなことである。ストーカー行為という屈辱を和らげようとして、自らを究極の言葉で紛らわそうとするならば、許されることではない。

『萩原栄次宛書簡』

私は今までは恋の幻影さへも有して居ません。ある女と私との情熱は既に全くさめてしまひました。

この書簡では、「ある女と私との情熱は既に全くさめてしまひました」と紛らわしているが、ある女とはエレナのことであり、さめてしまったと言うが、最も信頼する栄次には、エレナへのストーカー行為による問題について、何も知らせていない。しかも、平然と述べていることに違和感を覚える。

ストーカー行為をした本人が、非を認めなくては正確な書簡とは考えづらいが、唯一悩みを聴いてくれる存在の栄次には、この問題の重要性から伝えられなかったことになろう。彼の人間としての心の弱さと狡さが感じられる書簡である。

四　朔太郎とエレナとは恋仲ではない

エレナ自身は、おそらく朔太郎を恋愛対象として見てはいなかったはずである。朔太郎を知る当時の前橋市民も朔太郎を良くは見ていないことから、その評判はエレナの実家（馬場家）でも承知していたことになろう。

エレナの父・馬場常七は、前橋の中心街で薬店を経営しており、医院を開業する萩原家の事情は周知していたと思われる。特に父親はエレナを可愛がったと言われており、いっぱしの青年が親のスネをかじり続ける朔太郎に、大事な娘を嫁がせる気持ちはさらさらなかったとみるからである。

当時の結婚はお見合いが主流であり、いまのような自由恋愛はほとんどなかった時代である。朔太郎とエレナが恋愛感情を持ってデートした痕跡は見つからず、互いが愛し合っていたならば、手紙のやりとりや朔太郎の詩集にも痕跡が見えるはずである。発見できないことは恋愛関係には至っていないことになる。あるとすれば横恋慕である。

五　ストーカー行為はエレナと佐藤家への暴挙

父の溺愛する馬場ナカ（エレナ）は、高崎若松町の佐藤清医師と見合い結婚しているが、相手を選んだのは父親と見られる。それは、薬業と医業という関係から、職業の上で親交があったように考えるからである。お見合いのとき、彼はひと目でナカに惚れこんでしまったと言う。夫君は朔太郎よりも一歳年上とされている。

佐藤家の先祖は、佐藤継信（源義経家臣）とされており、9代目の佐藤仙寿が上野国片岡郡館村（現・群馬県高崎市）に医業を開いたと言う。初代・仙寿の時代は漢方医学全盛であったが、2代目・千司、3代目・宗仙の頃になると蘭方（蘭学）と呼ばれる西洋医学が広まり、漢方と蘭方の長所を取り入れた医学が普及することになる。（『佐藤病院の歴史』）

6代目の伯林は高崎藩の藩医となり、苗字帯刀と駕籠での往診を許されている。この時代に、館村より高崎城下若松に出て、産科医として名声を得ることになる。7代目の有信は明治11（1878）年、群馬県令楫取素彦によって、設置された群馬県立医学校で学び、現在の佐藤病院の基礎を築くことになる。

従って、ナカとお見合いをした佐藤清は、院長・佐藤有信の子息である。佐藤病院は、現在では高崎市内では知らない人がいないほど有名な産科専門の病院であり、信用のある医療機関として、筆者の知り合いもここでお世話になっている。

明治42（1909）年にナカは、名家の御曹司である高崎佐藤病院医師（後に院長）・佐藤清と結婚することになるが、9月23日に高崎市役所に婚姻届を出している。

ナカは、夫から終生愛され続けたと言われており、病床に伏した後、生と死へのはかなさから神に縋る思いで、1日も長く、夫や愛児のために生きようと洗礼を受けることになり、大正3（1914）年5月にエレナの洗礼名を得ることになる。

佐藤清は若くして妻・エレナを失うが、父・有信の後を継ぎ、8代目院長として昭和27（1952）年6月22日、68歳で亡くなるまで、後妻をもうけず、エレナのことを終生忘れなかったようである。それに反して、朔太郎の行動はとんでもない暴挙である。

同年11月7日の夜、高崎のバーで大酒を飲み、その勢いでエレナの家に押しかけ、佐藤家の外で口笛を吹き、2時間余りにわたりうろつき、彼女が姿を見せないとして、「絶交だ」と喚き、柳川町の「菊のバー」でやけ酒をあおり、諦めればまだ良いが、諦めの悪い朔太郎は再び若松町の佐藤家を訪れている。

大きな声で喚いた挙げ句、エレナの夫にエレナとの関係を嘯いて暴露したというから、品性極まりない行動と言ってよい。しかも、朔太郎は自分の名を告げて去っているようであるから、確信犯であると同時に、横恋慕が憎しみに変わった瞬間ではないかと推察する。

佐藤家にとっては、これほどいとわしい暴挙はない。

六　朔太郎の浄罪詩

大正3（1914）年11月7日、高崎の佐藤清医師の自宅に押しかけ、既婚のエレナにストーカー行為をしたことから、エレナ側から近寄ることを断られたとされているが、実際には、この時期、エレナは湘南七里ケ浜の療養所に入院していたと思われる。しかし、エレナ宅を訪れたのは確かであり、朔太郎はエレナが在宅であろうがなかろうが、ストーカー行為を犯したことには間違いない。

一方的な朔太郎の恋心は破局を迎えることになるが、彼自身によって同年12月から翌年の3月にかけて「浄罪詩篇」と名付けた一連の作品を『地上順礼』大正4年1月号に発表。その後、「月に吠える」（大正6年2月15日）に収録している。

浄罪詩と思われる作品「笛」の一端を述べると、「ああ　かき鳴らす人妻琴の音にもあはせてつれぶき、いみじき笛は天にあり」とある。この詩句には、リアルさはなく、「人妻」の現実的背景は見られない。

「笛」の後半部分が書かれたあとに「われの犯せる罪」と題した4行の未発表作品が残されていることに注目すべきであろう。

浄罪詩『われの犯せる罪』

われのおかせるつみを
ちちははのとがめたまはぬごとく
おほがみはつみしたまはじ
ゆるさせたまへ

（浄罪詩篇完）

この4行の末尾には「浄罪詩篇完」と記されており、人妻エレナへの恋心は無謀の行為であったことを戒めてはいる。

しかし、ストーカー行為をする者は一種の病であることから、ひたすら相手に自分の思いを伝えようとする精神状態は、簡単に断ち切れたとは思えない。

近年でも、人気のあった元アイドル歌手でテレビなどに活躍する既婚女優を乗せたタクシー運転手が、女優の自宅を訪れ、ストーカー行為をして逮捕されたが、反省したかと思えば、相手に自分の気持ちを伝えたい思いからであると述べている。このように、一方的であり、犯罪行為をしていることの善悪のコントロールができなくなっているのである。これは、朔太郎のストーカー行為と近似するものである。

七　ストーカー行為後もエレナへの思慕を引きずる作品集

エレナの名は、朔太郎の残したノート・日記・書簡に多く見られるが、雑誌に発表された詩集で収録されなかった拾遺詩篇や、未発表の草稿詩篇にも時たま見られる。
大正3年に朔太郎が『異端』9月号に掲載した『岩魚』を紹介しておきたい。

『岩魚』（拾遺詩篇所収）

—哀しきわがエレナにささぐ—

瀬川ながれを早み、
しんしんと魚らくだる、
岩魚（いはな）ぞはしる、
谷あひふかに（マヽ）、秋の風光り、
紫苑はなしぼみ、
木末（こずゑ）にうれひをかく、

えれなよ、
信仰は空に影さす、
かならずみよ、おんみが静けき額にあり、
よしやここは遠くとも、
わが巡禮は鈴ならしつつ君にいたらむ、
いまうれひは瀧をとどめず、
かなしみ山路をくだり、
せちにせちにおんみをしたひ、
ひさしく手を岩魚（いはな）のうへにおく。

—一九一四、八、八—

この『岩魚』は、大正3（1914）年8月8日に詩作し、9月発表したものであるが、「哀しきわがエレナにささぐ」とした添え書きがあり、詩句の中にも「えれな」という文字が使用され、彼の私情をそのまま載せた詩である。

その後も、エレナを思慕する作品は詩集の中に多く見られ、朔太郎の異常な精神が垣間見えるなど、美しい情感の詩とは言えない。何故ならば、相思相愛の恋物語ではないからである。翌10月発表の『純銀の賽』にも「またえれなのうへ」との言葉が登場している。

『月に吠える』は無論であるが、『山に登る』の草稿にも「旅中よりE女に…」、また、『青猫』

にもエレナの面影がひそんでいる。
特に『山に登る』は、大正5（1916）年10月の作で、『月に吠える』最終期の初出であり、大正6年5月5日、エレナは血を吐いて26歳で亡くなるが、その半年ほど前の草稿である。相手が生死をさ迷っている最中の詩である。

『山に登る』（月に吠える所収）

旅よりある女に贈る

山の頂上にきれいな草むらがある、
その上でわたしたちは寝ころんで居た。
眼をあげてとほい麓の方を眺めると、
いちめんにひろびろとした海の景色のやうにおもはれた。
空には風がながれてゐる、
おれは小石をひろつて口（くち）にあてながら、
どこといふあてもなしに、
ぼうぼうとした山の頂上をあるいてゐた、

　おれはいまでも、お前のことを思つてゐるのである。

朔太郎のストーカー行為に対し、困った佐藤家は打ち切るために寄り付かないよう伝えている。しかし、朔太郎は諦めることなく、この『山に登る』にエレナへの思慕をにじみ出している。

『純銀の賽』（拾遺詩篇所収）

みよわが賽(さい)は空にあり、
空は透青、
白鳥はこてえぢのまどべに泳ぎ、
卓は一列、
同志の瞳は愛にもゆ。

みよわが賽は空にあり、
賽は純銀、
はあとの「A」は指にはじかれ、
緑卓のうへ、

同志の瞳は愛にもゆ。

みよわが光は空にあり、
空は白金、
ふきあげのみづちりこぼれて、
わが賽は魚となり、
卓上の手はみどりをくむ。

ああいまも想をこらすわれのうへ、
またえれなのうへ、
愛は祈禱となり、
賭博は風にながれて、
さかづきはみ空に高く鳴りもわたれり。

この詩にも「えれなのうへ」と詩語されている。エレナのことを窺わせる詩が発刊されることは、夫・佐藤清並びに佐藤家にとっては非常に迷惑なはなしであり、現代であれば訴訟の対象となって然るべきであろう。病魔と闘うなかで、朔太郎の横恋慕に苦しめられる日々を過ごすことになる。

大正4（1915）年1月16日、エレナは夫・佐藤清との愛の結晶である長女・清江を無事に出産するが、その2か月前、身ごもっているエレナの自宅に、朔太郎はストーカー行為に及んでいたのである。何とあさましいことであろう。

朔太郎の詩は、詩集として刊行していることから、相手の幸せを踏みにじり、私情を拡散したに過ぎない。今の時代であれば、名誉毀損の罪に問われることになろう。従って、本来ならば鑑賞者の感動は得られないはずである。しかし、それらの作品が美化され、近代詩の先駆者として崇められ、偉人伝説が蔓延するのは何故であろう。それは、作品のみの評価に徹し、作品に至るプロセスの検証を避けているからである。

文学の世界では、権威者によって評価を得た文人を再評価することは困難となっているが、芸能人は一般大衆に支えられていることから、人気や評価についてシビアであるとともに、ストーカー行為でもするならば、ただちに芸能界から追放されている。

歌唱力が少し劣っていても、表情や心のこもった歌い手は大衆の評価が高いのもそうであるが、例えば俳優の高倉健は、日常において礼儀正しいことを一般大衆は承知しており、そのイメージは映画にも反映し、セリフの一つひとつが大衆を魅了させるのである。詩人においても、そうでなくてはならない。

そのためには、文学館の関係者やその他の研究者は、特定の団体に傾斜するのではなく、朔太郎のありのままを大衆に向かって紹介することに努めなくてはならない。小手先だけの詩作品ではなく、地に足がついた作品を評価することになれば、朔太郎の評価は必ずや変化するはずであろう。

朔太郎の詩は、自己の感情を爆発させたものを散文調にしたに過ぎず、それが画期的であるとして評価するのは危険であろう。むしろ、相手側の一理を悟った深みのある詩でなくてはならない。慶光院芙沙子は『無用の人』のあとがきで以下のように記している。

『無用の人・あとがき』（慶光院芙沙子著）

萩原朔太郎――私にとってこの詩人ほど懐かしくも呪わしい人はない。私の幼時代からいつともなく私の生活の中に侵入し、少女時代の私の感情生活を一時はめちゃくちゃにかき乱したひと、そして…そして…いつの間にか一代の歴史的詩人として、今や無数の人々から讃美されているひと…（中略）

ある人間の過去とは、その人間のすぎ去った感情生活の集積である。真の詩人とは、この世に生きる人間として、周囲の人々をあのように苦しめる悪魔的な何ものかを常に持っているものかもしれない。

しかも、詩人そのひとは案外ケロリとしているのだ。詩人にとってはそれでいいのかもしれない。しかし、人間としての詩人に接触する人々はたまらない。

私はいつまでもこの重荷に苦しみ、ほとんど倒れんばかりの生活ばかり続けてきた。事実、私は朔太郎という魔物と私なりに長い間戦い続けてきた。でも、この詩人もすでに死後二十年を経た。私は別の意味で焦燥を覚え始めた。今になつて、私なりに朔太郎論—といつては大ゲサかもしれないが—をまとめておかないと、永久にその機会を失うのではあるまいか？　最近次から次へと発表される朔太郎論は余りに一方的、あまりに非現実的ではないのか？　私にも私として詩人朔太郎を論ずる権利があるはずだ。…私の自分勝手な回想を読者の方々が何と思つて読まれるか私は知らない。しかし、そこに登場する萩原さんは、少なくとも私が過去において、この目に触れ、この耳で聞いた、その人の姿であり、声である。

私は今一種の虚脱した気分でいる。妙にすがすがしい、それだけに物足りない果敢い感情でいる。書きたいことを書いてしまつたからであろうか？　そうではない。私にはもつともつと言いたいことがある。たとえば、父としての朔太郎について私は幾度か筆を執り始めた。悲壮な父！　だが、私には—女性の私には—どうしてもまとまらない。私は女性らしく、萩原さんの女性観、とくに御母堂との関係に焦点をあてた。そのほか、後期の萩原さんについても、いろいろ書いてみたかつた。しかし、あのエツセイの内容は、今の私には—よく分らないせいもあつてか—

昔日の感慨を少しも呼び起さなかつた。そこには詩人朔太郎の姿がすでに見られなかつた。

慶光院芙沙子の母親は、朔太郎の幼友達ということであるが、愛人なのか定かではない。愛人ならば、芙沙子はもしや朔太郎の子ではないかと推察できる。この件については今後の課題となろう。

この文面と比較して、萩原朔太郎の伝記本は大手の版元から数多く刊行されてはいるが、どれを見てもおざなりのものとなっており、悪く言えばありきたりのことしか書かれておらず、朔太郎の精神構造にまでメスを入れていないということである。たとえるならば、権力者に甘いジャーナリストや、テレビや国の審議会にタレントのように出しゃばる御用学者と同義であり、朔太郎をよく知る慶光院の文面には真実が窺える。

八　ストーカー行為後もエレナへの接近を続ける朔太郎

朔太郎の自筆歌集『ソライロノハナ』第2章「2月の海」の「昔知れる女の友の病む」では、エレナを訪ねて逢えなかったことが記されている。

明治44(1911)年の時期、エレナは湘南の療養所に静養中であったことから憶測を呼ぶが、大正2(1913)年と3年にも、朔太郎は彼女を訪ねた模様で、そのことを関連づける草稿がある。

作品の中で『みちゆき』『緑蔭』『歓魚夜曲』『岩魚』『再会』『月蝕皆既』『情慾』などは、すべてエレナに関連付けられるものである。

朔太郎の一方的な恋心に終止符を打ったため、大正3年11月、エレナ側は既婚しているのでストーカー行為の打ち切りを通告していたが、その後も朔太郎はエレナの療養先を追い続けたことになる。

エレナは夫から愛されていたはずであり、夫は身ごもるエレナに心配かけまいと、事件のことは伏せていた可能性もある。

エレナの長女（清江）の遺品の中に、エレナの夫（清）の写真が混じっていたが、立派な風貌の人であると言う。エレナの父親は幼少の頃より大事に娘を育てており、立派な清をエレナの夫に選んだのであり、朔太郎のような風来坊の人物を結婚相手に選ぶ気持ちは更々なかったことが頷ける。

父親はお見合い相手をしっかり吟味したうえで、エレナも結婚に同意したわけであり、朔太郎は何時までも横恋慕するのではなく、エレナの幸せを静かに見守り、結婚を祝した詩を贈る方が「格好いい」生き方であろう。

しかし、ストーカー行為を諦めることはなく、大正4年12月より翌年の2月まで、鎌倉長谷の海月楼に長期滞在し、エレナの療養先を探していた可能性がある。

4章　朔太郎の破廉恥な振る舞い

一　詩人・朔太郎の破廉恥な書簡

『北原白秋宛書簡』（大正三年十一月十六日付）

のんだくれりずむにかんぷんしのんだくれになる、
こんやこれからばあへゆくため、
のまなきややつぱりでくのぼだ、
のめばちんぼこふくれあがる、
しよせんのまずばやりきれぬ、さけ、さけ、さけ、
にんげんものはしらぬなり、（後略）

十一月十六日　　北原白秋様　前橋（はがき）

SAKUTARO

これは、白秋に宛てた朔太郎の書簡内容であるが、余りにも下品であり、文章が上手いとは言えない。「ちんぼこふくれあがる、しょせんのまずばやりきれぬ」とまで述べているが、萩原朔太郎を顕彰する前橋文学館では見られない書簡である。

「親しき仲にも礼儀あり」と言うように、口語自由詩の確立者とか偉人とか言うならば、何でも自由に述べる前に理性や節度を弁（わきま）える必要があろう。

二　詩人・朔太郎の不道徳な書簡

『北原白秋宛書簡』（大正三年十一月十六日付）

第二信

すこし酔つて來ました、
よつてくると女がほしくなる。
たまらなく女がほしくなる。
ああ、だれかたゞでやらせる女は居ないかな、金が三十五銭しか財布にない、
いまや淫よく頂上に達す、このときつくづく女がほしくなる、金がほしくなる、女のほ

つぺたがなめたい、襟くびにきすをしたい、
澁谷のやつはどうした、
京子はどうした、
SONOEのパトロンはいつのまにか逃げてしまつた、
おい、だれか金をかしてくれ、二圓程でいゝ、
室生の春子を引つぱつてこい、
KONOの未來をやつつけろ、
これから前橋市の娘を訪問して縁談の話をきめます、僕はあした結婚する、だれとでもかまはない、
僕はよつぱらつてエラクなる、京子なんぞたゝきつぶせ、
エレナを暗殺しろ、
おれは浅間山のてつぺんへ駆けあがつてそこから手をあげる、感動電氣の作用で、市中の娘たちがおれの方へ引きあげられる、そうすると僕はすてきにパツピイナになるんです、
すみません、すみません、

BARの一隅にて、　さくたろ、（はがき）

この書簡は芸者・園枝のいるバーで飲みながら書いた白秋への手紙である。これが詩人なのか、詩人だからこのような手紙を出すのか、極めてショッキングなものである。

朔太郎は書簡に「女がほしくなる、たまらなく女がほしくなる、ああ、だれかただでやらせる女は居ないかな」とまで認（したた）めている。

友人に宛てた書簡ながら、詩文のような文章であるが、いずれにしても、理性心が問われる下品な文章である。世間では偉大な詩人とされているが、偉大な人物が、このような書簡を出すであろうか疑問である。

筆者として、この書簡を見て思うことがある。朔太郎を顕彰する団体や博物館は、何故、このような書簡を公開しないのか疑問を感じている。美談で固めるよりも、タブーをもうけない方が良いに決まっており、萩原朔太郎一人の問題ではなく、顕彰するうえで大事なことである。

なお、朔太郎はお金が無いと言いながら、バー通いを続けていることから、父親は大変であったと思われる。朔太郎を知る人たちが道楽息子と思うのも無理のないことであろう。

三　前橋市民は私の仇敵

『萩原栄次宛書簡』（大正三年十一月十一日付）

栄次兄

いつも變らぬ兄の御厚情に接しただ感銘の外ありません。

出來るならばすぐにでもとんで行つて兄の御手にすがりたいやうに思ひます。

此度の御手紙で御健康の未だ不安なことを知り苦悩にたえません。どうしたならばあなたから一切の疾患と不幸とを除去することが出來るか、どうしたならば兄をより幸福の運命に導くことが出來るか、考へても自分に手段のないことを知つたとき私は声をあげて泣きたくなる。

あらゆるものを呪いたくなる。なんでも言いから病気なんぞ早く治つてしまへ、早く治つて前橋へ來てください、たのみます、たのみます。（中略）

それから奇體に私の好きだと思ふ人は、どこか皆、兄に似て居るところがあるのです。東京へ出ていろいろ知名の詩人や歌人、画家とも知己になりましたが、意外にも彼等の多くが人格として極めて下劣であり藝術的良心にも欠乏して居ることを知つて非常に失望しました。

彼等の多くは単なる文学ずきであつてほんとうに自己の生命意識から創作に熱中する人は極めてまれのやうです。かういふ人々は人格の点に於ても極めて下劣であつて私として賤辱の念を抱かせたばかりです。

私はいつでも孤獨です。そして郷里に居る間は余計に自己一人を守るより外に仕方がありません。私のために両親が郷里の人々から受ける冷たさに、私は死にたいやうな気がします。兎に角前橋といふ町の市民は私の仇敵です。みなやき殺してやりたいやうにも思ふことがあります。

今月は勝手なことばかり申上げて失礼致しました。これからもたびだび手紙をかきます。あなたからの御音信を切に待つております。

この書簡は、詩形に似た文体となっており、信頼する従兄・萩原栄次に宛てた文書ということで許されても、一般文書としてはお粗末である。

彼は東京の文人たちについて「彼らの多くが人格として極めて下劣」と述べているが、書簡や行動において朔太郎ほど下劣な詩人はいない。にもかかわらず平然と他人を下劣呼ばわりするのは、尋常ではないということになろう。

四　朔太郎にはエレナ以外にも人妻を恋慕する癖が

朔太郎の両親が結婚した際の媒酌人である福鎌夫妻の孫・慶光院芙沙子によれば、福鎌家を継いだ文也の妻・信子に対して、朔太郎は恋愛感情を抱いている。

お琴の名手である彼女が、病気を発症した際には療養先まで逢いに来たと言う。時期は不明であるが、エレナへのストーカー事件後と言われている。なお、信子という女性は、日頃、琴を巧みに弾くことから、朔太郎は音楽を通して恋仲となった可能性が強いが、既婚者でもお構いなく恋心を抱くとしたら、詩人である以前に、その社会性や人格が問われることになろう。

『笛』（月に吠える所収）の草稿に見えるので紹介しておきたい。

『笛』（月に吠える所収）

あほげば高き松が枝に琴かけ鳴らす、
指に紅をさしぐみて、
ふくめる琴をかきならす、
ああ　かき鳴らす人妻琴の音にもあはせてつれぶき、
いみじき笛は天にあり。
けふの霜夜の空に冴え冴え、
松の梢を光らして、
哀しむものの一念に、
懺悔の姿をあらはしぬ。

いみじき笛は天にあり。

この『笛』の句中に「ああ　かき鳴らす人妻琴の音にもあはせてつれぶき」とあり、朔太郎が横恋慕した相手は、慶光院によれば、琴の名手である福鎌文也の妻・信子夫人と言う。

5章　朔太郎が詩に込めたもの

一　郷土前橋への憎しみの詩

『公園の椅子』（郷土望景詩所収）

人氣なき公園の椅子にもたれて
われの思ふことはけふもまた烈しきなり。
いかなれば故郷(こきやう)のひとのわれに辛(つら)く
かなしきすももの核(たね)を噛まむとするぞ。
遠き越後の山に雪の光りて
麥もまたひとの怒りにふるへをののくか。
われを嘲けりわらふ聲は野山にみち

苦しみの叫びは心臓を破裂せり。
かくばかり
つれなきものへの執着をされ。
ああ生れたる故郷の土を蹈み去れよ。
われは指にするどく研げるナイフをもち
葉櫻のころ
さびしき椅子に「復讐」の文字を刻みたり。

『公園の椅子』の初出は、大正13（1924）年に「上州新報」1月号の新春特別文芸欄に掲載となっている。翌年6月の『日本詩人』第5巻第6号並びに8月の『純情小曲集』郷土望景詩の一篇として、掲載されることになる。

この詩の意味するところは、世間の冷ややかな風当たりを怒りや苦しみとしてとらえ、憎しみは「復讐」という文字を椅子に刻むことで完結するわけである。

自己の感情をむき出しにした自分勝手な詩であるのは間違いなく、これをもって口語詩とするところに詩人・朔太郎の評価が分かれるところである。

多くの庶民は四苦八苦で生きていた時代に何の不自由なく、30歳を超えた医者の息子が、職に就くこともせずに、ぶらぶらしていたならば、否応なしに世間の目に晒されても当然であろう。

庶民の苦しみは、朔太郎の恋心や町への恨みなどとは次元が違い、最愛の我が子を他人（養子）に預けたり、食い扶持を減らすために、東京の問屋に奉公にいかせるなど、親として切なく歯痒いものである。にもかかわらず、庶民は愚痴もこぼさず必死で生きていた時代である。朔太郎の詩では表せないほどの切羽詰まった苦悩がある。

朔太郎の生きた時代には、職業に詩人という分類はないに等しく、今日のように詩人が崇められる時代ではなかったのは事実である。従って、全国的に詩人の数は少なかったことでも理解できるであろう。

朔太郎が近代詩の先駆者とか、口語自由詩の確立者と再評価されるようになるのは後年になってからのはなしではあり、庶民が決めたことではない。一部の権威ある者が偏見によって決めたものである。果たしてこれが評価に値するのか疑問である。

朔太郎は、「我れ故郷にある時、ふところ手して此所に來り、いつも人氣なき椅子にもたれて、鴉の如く坐り居るを常とせり」と述べているように、自宅から近い前橋公園で物思いに耽る日々を過ごしていたことが想像される。

通りすがりに朔太郎を見かけた近隣の人々はどのように感じたであろうか。働くこともせず、公園の椅子にもたれて過す姿に働き盛りの大人たちが「馬鹿者」と投げかけたとしても、間違いではないであろう。

この詩には「苦しみの叫びは心臓を破裂せり」とあるが、独りよがりの感情を強烈に詠ったものでしかない。経済的苦しみを抱えていたわけでもなく、過激な言葉を投げかけることで音楽や演劇のように自己表現をしているに過ぎない。

大正 13（1924）年の朔太郎
（提供：前橋文学館）

はっきり言うならば、感情をオーバーに表現することで、別次元で本当に悩み苦しむ若者を騙すための詩でしかない。

　自らがペテン師と言うように、過激な詩語を用いて若者を引きつけることに長けていたと言うべきであろう。つまり、彼の父親が言うとおり、まさしくゴロツキなのである。

　このような過激で無責任で脈絡のない詩を書く表現者は少なく、当時から国民に受け入れられたわけではない。

　この詩が好評を博すようになったのは、言論封鎖が解かれた終戦後のことである。朔太郎の生まれた土地は前三百貨店に譲渡されており、当時、朔太郎を知る人は、詩人仲間以外には少なく、前橋市民すら朔太郎に対して詩人として重きを置いていなかったのである。

朔太郎が詩人として活動していた時代は、歌舞伎役者や芸人などが芸を見せものとしてお金を取ることから、乞食と同等に扱われ「河原乞食」と称されたが、記者や文人たちが平気で嘘を書くことから、羽織を着たゴロツキとされ、朔太郎のような詩人を「羽織ゴロ」と称した背景がある。

従って、朔太郎が一部の権威者によって評価されだしたのは、彼が亡くなった後のことである。

『鐵橋橋下』（初期詩篇所収）

人のにくしといふことば
われの哀しといふことば
きのふ始めておぼえけり
この市（まち）の人なになれば
われを指さしあざけるか
生れしものはてんねんに
そのさびしさを守るのみ
母のいかりの烈しき日
あやしくさけび哀しみて

鐵橋の下を歩むなり
夕日にそむきわれひとり

この詩では、人の憎しみという言葉を初めて覚えたと記しており、町の人々から指をさされて馬鹿にされたのはこの時期からであろう。

母からの烈しい怒りを受けていたように窺えるが、鉄橋の下に歩み寄り、夕日を背にしたと言うから、朔太郎にとり、町の人々だけでなく、夕日までもが見たくないほど、精神的ダメージを受けていたようにも見えるが、実際のところは分からない。

当時の朔太郎は、生活には困らないことから、酒を浴び、女遊びも盛んであったようである。初期の作品とは言え、子供じみた詩文としか見えず、これが口語自由詩の限界なのかと改めて考えさせられる。

朔太郎の詩は『大渡橋』（郷土望景詩所収）の一節にも「いかなれば今日の烈しき痛恨の怒りを語らん」とあるように、郷土に対する怒りや憎しみを煽っている。

『**大渡橋**』（純情小曲集所収）

ここに長き橋の架したるは
かのさびしき惣社の村より　直（ちょく）として前橋の町に通ずるならん。

われここを渡りて荒寥たる情緒の過ぐるを知れり
往くものは荷物を積み車に馬を曳きたり
あわただしき自轉車かな
われこの長き橋を渡るときに
薄暮の飢ゑたる感情は苦しくせり。

ああ故郷にありてゆかず
鹽のごとくにしみる憂患の痛みをつくせり
すでに孤獨の中に老いんとす
いかなれば今日の烈しき痛恨の怒りを語らん
いまわがまづしき書物を破り
過ぎゆく利根川の水にいつさいのものを捨てんとす。

われは狼のごとく飢ゑたり
しきりに欄干（らんかん）にすがりて齒を嚙めども
せんかたなしや　涙のごとききもの溢れ出で
頬（ほほ）につたひ流れてやまず
ああ我れはもと卑陋なり。

往(ゆ)くものは荷物を積みて馬を曳き
このすべて寒き日の　平野の空は暮れんとす。

次の『前橋公園』については、現実的な感情を詩に表しているのであろう。何故かと言えば、前橋公園は昔と変わらず、今も散策する人はなく、整備もされず置き去りとなっているからである。

『前橋公園』

前橋公園は、早く室生犀星の詩によりて世に知らる。利根川の河原に望みて、堤防に櫻を多く植ゑたり、常には散策する人もなく、さびしき芝生の日だまりに、紙屑など散らばり居るのみ。所所に悲しげなるベンチを据ゑたり。我れ故郷にある時、ふところ手して此所に來り、いつも人氣なき椅子にもたれて、鴉の如く坐り居るを常とせり。

この詩から分かるのは、前橋公園が寂しく人気のないところであったことである。紙屑が散らばっていることを推測するならば、人が立ち去るときに、残したゴミを持ち帰らないことから、椅子にとまって待ちかまえる鴉が、食べかすにたかり、紙屑を公園内に散らかしていることが読み取れる。

また、「堤防に櫻を多く植ゑたり、常には散策する人もなく」とあるが、これに関しては、朔太郎の詩を評価してもよいかと思われる。過去に於ける前橋公園の状況と現在の状況がダブルからである。

前橋公園は城址であり、本来ならば沼田城址公園（現・群馬県沼田市）のように、多くの市民が癒される公園へと整備すべきである。

6章　朔太郎がつくる詩の性格

一　口語詩の問題と理想

口語詩は規定された文語詩に対する日本の近代詩とされているが、時代によって現代言葉は変遷するものであり、文語詩を含めて近代詩と言うべきであろう。従って、朔太郎の時代の詩語が口語的に当てはまるわけではない。

実際に朔太郎の詩集を読むと、大正・昭和初期の文語調の詩形を残していることで難解な面が多々ある。現代人からすると旧字体の「ゐ」「ゐ」や旧漢字などが文字として使われていることと、同じ言葉を二度続けて使用するなど、文語体の名残りが見受けられる。

江戸文化は明治維新によって破壊されて現在に至っているが、その間に西欧の文化を取り入れた日本は、明治から大正にかけて新たな詩体を形成することになるが、それは、朔太郎の成果によるものでは決してない。

しかし、口語調の詩が良いかと言えば、必ずしもそうとは言えない。何故かと言えば、古いものを引き継ぐことの重要性があるからである。つまり、朔太郎が生きた明治、大正、昭和から、その後の平成、令和になっても、社会や文化が一変するわけはないからである。

近代的建築よりも古代建築に魅了されるのは、手の込んだ繊細さや重厚さに感動するからである。従って、完全な口語詩はあり得ないものと考えている。だからこそ、朔太郎の無責任な詩論は、自らが退却と言って回帰したのである。

明治初期から昭和20年の終戦までを近代と言うが、この時代は日清・日露戦争に始まり、第二次世界大戦の終結まで、日本は戦争の連続の時代である。その間に口語自由詩が発案された点では画期的ではあるが、現代詩ではあり得ない。

終戦後において、朔太郎を近代詩の先駆者と崇めているが、近代に育った詩人であれば何方でもよいのである。彼自身はおそらく近代詩の先駆者などとは思っていないはずである。だからこそ、恥もなく回帰したのであり、勝手に後世の権威者によって称賛されたものと、筆者は理解している。

それよりも、彼は音楽の道にいくのが希望であったが、文語詩を書いても上手くいかず、短歌に移るが、郷土の恨みを日記のように散文したのが口語詩の始まりである。

朔太郎の口語詩は明治の近代化にともない西洋まがいに発案された無理な自由詩であり、伝統詩形の和歌や俳句から見れば、文化財的芸術的完成度は遥かに及ばないと、筆者は考えている。

明治・大正・昭和の言論封鎖された暗い時代に生まれたのが口語自由詩であるが、一躍脚光を浴びたのは終戦後のことである。だが、朔太郎の詩には日本古来より引き継がれた美が欠落しており、当時の若者たちは年齢を重ねるに従い関心は薄れ、現在では無視されている。

もともと、破天荒な自由人である朔太郎は、口語詩に固執した人間ではなく、朔太郎の最後の詩集となった『氷島』は、文語定型詩によるものである。おそらく彼は、それ程自分の詩に対して、口語詩にこだわりはなかったはずである。むしろ、口語詩の脱却を考えていたようである。

この問題では、多くの詩人たちから詩形の変更を非難される羽目となるが、前橋文学館のしおりが「口語自由詩の確立者として不動の地位を得る」としていることには、疑問を感じる。

著名な詩人である吉本隆明は、著書の中で次のように述べている。

「朔太郎のような個性的な詩人の場合、詩的出発のモチーフを失ったことは、芸術的意図の全崩壊さえ意味したものである」

このように、厳しく指摘しているが、朔太郎自身はどのような気持ちで『氷島』を書いたのか、自序の一部を紹介しておきたい。

しかしながら思ふに、多彩の極致は景色であり、複雑の極致は素朴であり、そしてあらゆる進化した技巧の極致は無技巧の自然的單一に歸するのである。藝術としての詩が、詩的情熱の素朴純粋なる詠嘆に存するのである。この詩集に収めた少数の詩は、すくなくとも著者にとつては、純粋にパッショネートな詠嘆詩であり、詩的情熱の最も純一の興奮だけを、素朴に表出した。

換言すれば著者は、すべての藝術的意図と藝術的野心を廃棄し、單に「心のまま」に、自然の感動に任せて書いたのである。

朔太郎自身は、芸術的意図である口語詩とか文語詩などの野心にこだわらず、心のゆくままに詠嘆詩として書いたことになる。従って、前述したように前橋文学館が掲げる「口語詩の確立者」などの野心は毛頭なかったことを、朔太郎の自序によって確認できる。

文芸や芸術においては、古典落語・浄瑠璃・歌舞伎のように江戸時代から継承されている芸術文化を全て現代的に改めることはできない。即ち、魅了するはずもないからである。

特に古典落語は今でも高尚なものとされており、世間から一目置かれる存在にある。何でも新しい文芸がよいとは限らないのである。例えば、御経や聖書を口語調で話したらどうであろう。つまらないどころか、宗教心に影響を及ぼすほど大事なことである。

口語自由詩に異論があるわけではないが、近代詩を正当化する風潮には疑問を呈しなくてはならない。何故ならば、朔太郎時代の口語詩は古くなり、現代では新語も生まれていることを考えれば、温故知新という言葉もあるように、古くてもすばらしい言葉は残しつつ、現代言葉と合わせた「自由定型詩」なるものが理想として求められていると思うのである。

近代詩は4つに分類される

●口語自由詩　現代言葉で七・五調などの決まりがない

●口語定型詩　現代言葉で決まり事がある
●文語自由詩　昔の言葉を引用し、七・五調などの決まりがない
●文語定型詩　昔の言葉を引用し、決まり事がある

最近の大河ドラマがつまらないのは、時代劇であるはずなのに、今風のイントネーションで話すことに違和感を持つからである。片岡千恵蔵・大川橋蔵・中村錦之助らの東映時代劇を見てきた筆者としては納得のいくものではない。

朔太郎は「詩は病める魂の所有者と孤独者との寂しい慰めである」と『萩原朔太郎詩集・月に吠える自序』で述べているが、果たしてそうであろうか、自己中心的な自分詩を超越した詩でなくてはならず、神秘の象徴となるべきであり、朔太郎の考えは真逆のようにも思えてならない。朔太郎の詩に限るならば、ひたすら自己の感情をあからさまに表現したに過ぎず、それ以上でもなければそれ以下でもない。つまり、詩の規定が非常に狭く感じられる。

例えば、『大渡橋』などは、自らの哀しみや怒りの感情をそのまま詩に載せていることから、病んでいる人や孤独者を慰めるどころか、共感を得にくいように思われる。

確かに口語詩は日常的会話を詩語とするのであるが、朔太郎の詩には、日常的な口語以上に過激であり不自然なものがある。

理想の詩はある程度決まり事のある自由詩でなくてはならないと考える。制約があることで、詩としての負の部分が解消し、詩形が整うからである。

二　自然派・社会派でもない自己本位の詩

口語自由詩とは、現代言葉と七、五調などの決まりがないものとされている。その代表的な詩人が萩原朔太郎と言われているのであるが、人間社会での自由とは、本来は責任が生じるものである。自己の感情に任せてストーカー行為までするようでは社会的にも許されるものではない。彼の詩は、その延長線上にあるということであろう。

自由詩の中にも節度というものがなくてはならないはずである。即ち、形式だけの自由詩であってはならないと、筆者は考えている。

本書では、萩原朔太郎の詩作を検証してみたが、余りにも過激な感情を曝け出し、作為的であり、非常識であるかを実感した次第である。感情を曝け出す詩人に関心を示すのは、感傷性の強い若い世代であり、年を経るにしたがい、ほとんど顧みなくなるものと推察する。

彼の病的要素と幻覚性は、詩を読めば明らかなように表面的言語によるものである。一過性の感情と趣味性に基づくものと考えている。

従って、普遍的なものではなく、幻想から醒めてしまえば消滅するようなものである。厳しい言葉で言うならば、脈絡がなく、無価値であり、無意味な詩である。

7章　東京移住後における朔太郎の人生

一　詩人は職業でないことを思い知る

朔太郎は大正14（1925）年2月中旬、39歳のときに郷里である前橋を離れて東京へ移住することになるが、最初に住むことになったのは大井町である。

このときの様子をエッセイ『ゴム長靴』で「私自身に職業がなく、他に一銭の収入もなかった」と述べており、朔太郎自身が詩人を職業とは認めていなかったことになる。

世間は詩人のことを「羽織ゴロ」と称すように、前橋の町民は、朔太郎のことを「ゴロツキ」あるいは「道楽者」としてみていたのではないだろうか。

当時、朔太郎は北原白秋・尾山篤二郎・室生犀星・吉川惣一郎・山村暮鳥・大手拓次などの著名な文人たちと交流を重ねているが、当時から朔太郎は著名であったわけではない。にもかかわらず、遠方からはるばる前橋に訪れるなど、朔太郎との親交を深めることになる。

この背景には、萩原家が裕福な家庭であったことが一因であり、作家仲間は、蜜蜂のように萩

北原白秋や室生犀星らが滞在した萩原家の離れ座敷
（提供：群馬郷土史研究所）

原家の「離れ座敷」が長期滞在の温床となったことになる。幸いにも書斎が存在し、彼らたちにとり、詩作・発表の場として都合のよい環境にあったわけである。

作家仲間のことを悪く言えば、ただ食いただ飲みをするゴロツキである。萩原家は金づるであり、遠方から、貧乏な詩人たちが寄り集まったと言っても過言ではない。

大正4（1915）年、萩原栄次に送った書簡にそのことを示唆している。

『萩原栄次宛書簡』

北原白秋が去る九日に突然来訪され十五日まで滞留されて居たのでその接待に忙殺されつい失礼してしまいました。
（中略）
北原さんが来訪されたのは全く突然で

した、朝銀座通りを散歩して居る中に急に私に逢いたくなつて停車場へかけつけたのだそうです。二日間で帰京される予定なのが、一週間にもなり、毎日毎晩、二人は酒を飲みあかしました。毎晩二人で一升くらいづつ飲みました。

酔ふと二人で前橋中をダンスして歩きました、北原さん来橋の報が出ると白秋氏崇拝者がぞろぞろ押し寄せて来たので私の家は朝から晩まで来客の絶間もない騒ぎです、勿論かういふ生活状態は私共が東京に居る間は別段珍らしくもないことですが、まるで芸術家の日常生活を知らない私の家族は少なからず驚いてしまつた様です。

（注記）前橋文学館の年譜によれば、大正4年1月、北原白秋来橋し、1週間ほど萩原家に滞在。毎日毎晩1升ずつ酒を飲み明かしたと言う。同人たちと朝から晩まで交流したとある。これ等の費用は、萩原家の父親が捻出していることになる。

書簡に見えるように、北原白秋をはじめとして、室生犀星・若山牧水などの詩人が訪れ、味噌蔵を改造した部屋で詩やマンドリンで朝から晩まで遊ぶなどしている。

朔太郎は酒を好むため、毎日毎晩、詩人仲間と飲み明かしたようであり、犀星や白秋などの長期滞在により、家族の経済負担は大変であったものと考えられる。

朔太郎が室生犀星と初めて会った時の回想記が『廊下と室房』（昭和11年5月15日）に収録されているので、長文ではあるが載せておきたい。

『廊下と室房』

かれこれして居る中に、金沢に居る室生犀星君から手紙が來て、近く前橋へ行くからよろしくたのむといふ通知であつた。僕も室生君には是非逢ひたかつたので、すぐに承知の返事を出した。そして早速室生君がやつて來た。このあこがれの詩人に対する、僕の第一印象は甚だ悪かつた。「青き魚を釣る人」などで想像した僕のイメージの室生君は、非情に繊細な神経をもつた青白い魚のやうな美少年の姿であつた。

然るに現実の室生君は、ガッチリした肩を四角に怒らし、太い桜のステッキを振り廻した頑強な小男で、非情に粗野で荒々しい感じがした。その上言葉や行爲の上にも、田舎の典型的な文學青年といふ感じがあつた。それは都会人的な氣質をもつている僕の神経には、少し荒々しく粗野すぎる印象だつた。しかし、それよりも驚いたのは、まるで無一文でやつて來たことだつた。それで前橋に当分滞在するからよろしく頼むといふ御託宜である。

当時全く親がかりで暮して居た僕、金五十銭也の小遺銭をもらふためにも、一々使用上の理由書を提出しなければならなかつた僕としては、この図々しいお客様の待遇には全く困つた。その上尚困つたことには、父が文學者をひどく毛嫌ひすることである。父は世の中に嫌ひな者が三つあると言つた。文學者と新聞記者と、それから無職人ださうである。

僕の文學趣味なんかも、父には内証で隠れてやつて居たほどなので、あまり風体の好くない犀星君、おまけに無職人と文學者と、父の嫌ひな二つの資格を具へた風来人が飛び込んでは、ここでどんな騒ぎが起ることかわからない。そこで僕の第一に苦心したことは、どこか父の目に付かない所へ室生君を隠しておいて、内証に滞在費を工夫することであつた。

そこでとにかく、利根川の岸辺にある一明館といふ下宿屋へ案内して、毎日僕の方から訪ねて行つて話をした。そこの下宿屋の南の座敷で、室生君は銀紙のコップを作つて可愛い女中にやつたりして居た。

そこから下駄を履いて河原に降り、土筆や嫁菜の生えてる早春の河辺を逍遙しながら、彼の詩集にある「前橋公園」や「利根の砂山」などの詩を作つて梳しい旅愁を慰めて居た。第一印象は悪かつたが、交際するにしたがつて、僕はだんだん室生君の人物が好きになつて來た。

彼は決して粗野の荒々しい人物ではなく、非情にデリケートな神経と感受性とを持つた人間、即ち天質的の詩人であることが解つて來た。それが粗野に見かけられたのは、彼の性情の中に自然人としてのナイーブな本質がある爲と、一つには過去に殆んど教養が無いためであつた。

かうして、一カ月近くも滞在して居る間、毎日二人で逢つて話しをして居た。町の煙草屋に一寸綺麗な娘が居て、いつも店に坐つて居た。室生君はそれを嫁にもらひたいから僕に交渉してくれと言ふのである。

乞食同様な無名詩人のところへ、普通の娘が嫁に來る筈が無いと思つたが、それでも念のために先方へ話してみたら、果たして頭から断られた。しかし、室生君は、別に失望もしないで平氣で居た。つまり彼は、金の無い寂しさと一緒に、性の悩ましい寂しさを持てあまして居たのであつた。

だが僕の方では、彼の長滞留を持てあまし、そろそろ引きあげてくれるやうに話を進めた。すると、室生君は、金沢へ帰れば父の遺産が三千円だかもらへると言つた。（それがデタラメであることは後で解つた）それでとにかく、郷里へ帰るといふことになり、停車場へ送つて行つた。

彼はその頃、一種の妙な長髪にして、女の断髪みたいに頸で一直線に毛を切つて居た。それが四角の水平の肩と対照して、丁度古代エジプト人のやうな姿に見えた。その室生君が、桜の太いステッキをついて歩いて行く背後姿を、僕は後から見送りながら、言ひ方もなく寂しく悲しい思ひに耽つた。

一体この男は、僕の所を立つて何処へ行かうとするのだらう？　何処まであの桜のステッキをついて行くのだらう？　その前途の道を考へて暗然とし、友情の義理を果し得ない僕の境遇を悲しく思つた。

この回想記を読んで感じるのは、朔太郎が如何に日常を持て余していたかということである。

初対面の室生犀星が無一文で来て、図々しくも長期滞在したのも滑稽であるが、親の支えに頼る朔太郎は、親をごまかしてまで下宿先（一明館）の滞在費を工面することに、何の後ろめたさを感じないのである。

たしかに江戸時代には、芭蕉や俳諧師が事前に豪商などに書簡を送り、句会や宿泊などの接待を受けていたが、これは、封建社会の招いた一つの文化である。

しかし、西欧の文化を取り入れた明治以降は、版籍奉還となり武家も「働かざる者食うべからず」となった時代には、朔太郎のような生き方は通用しない社会規範があった。従って、当時の文士たちは読み書きはできるが、無職に等しく「ゴロツキ」と称されており、朔太郎や室生犀星しかり、北原白秋しかりなのであろう。

乞食であるならば、一種の同情心もおきるが「ゴロツキ」同士だからこそ、初対面の朔太郎を訪ね、無一文で図々しくも滞在することができたのである。

いずれにせよ、父親を騙して滞在費を工面したことは、詩人としても彼の人間性を下げることになろう。

父・密蔵が一番嫌う生き方をする息子ではあるが、父親として、我が子であることから援助を惜しまなかったようである。

その後、実家を離れて東京に移住した朔太郎は、環境の変化によって、経済的苦しみを実体験することになる。その様子はエッセイや詩に見ることができる。

エッセイ『ゴム長靴』

ゴム長靴といふものは、何といふ憂鬱のものだらう。雨の降つてる日に、ゴム長靴をはいて郊外の泥濘を歩いて居る人たちは、それの背後にみじめな生活の影を曳きずつて居る。

私が初めて、東京の大井町へ移住して來た時、ひどい貧乏を經驗した。田舎の父から、月々六十圓宛もらふ外、私自身に職業がなく、他に一銭の収入もなかつた。（中略）それで妻と私と、子供二人が生活するのは容易でなかつた。私は賣れない原稿を手に抱へて、毎日省線電車に乗り、××社や××社を訪ね歩いた。田舎に居る時から、ひそかに準備しておいた原稿―それを賣つて月々の生活費にしようとした―は、行李の中でカビが生え、不遇の運命を悲しんで居た。

大井町織物工場の煙突からは、いつも煤煙が噴き出して居た。驛には工夫のシャベルが光り、構内の職工長屋では、青桐のある井戸の側で、おかみさん達がしゃべつて居た。私の子供たちは子供たちで、毎日熱病のやうに泣き叫んで居た。

「やかましいツ。黙らないか。」

と、私の妻は妻でわめきながら、餓鬼どもの尻をひつぱたいて居た。家の壁は隙間だらけで、絶えず家内中の者が風邪をひいて居た。（後略）

朔太郎は既に結婚し、子供2人を抱える身でありながら自立することもできずに、無収入の中で、父親から月に60円の援助を頼っていたことが、この一文によって露呈したことになる。

（注記）朔太郎が上田稲子と結婚したのは、大正8（1919）年、33歳のときである。大正9年9月に長女・葉子が誕生。大正11年9月、二女・明子が誕生している。大正14年、39歳のとき、東京大井町（現・品川区）に仮寓する。

『大井町』（第一書房版萩原朔太郎詩集所収）

おれは泥靴を曳きずりながら
ネギや　ハキダメのごたごたする
運命の露路をよろりあるいた。
ああ　奥さん！　長屋の上品な嬶（かかあ）ども
そこのきたない煉瓦の窓から
乞食のうす黒いしやつぽの上に
鼠の尻尾でも投げつけてやれ。
それから構内の石炭がらを運んできて
部屋中いつぱい、やけに煤煙でくすばらせろ。

そろそろ夕景が薄(せま)つてきて
あつちこつちの屋根の上に
亭主のしやべるが光り出した。
へんに紙屑がぺらぺらして
かなしい日光の射してるところへ
餓鬼共のヒネびた聲がするではないか。
おれは空腹になりきつちやつて
そいつがバカに悲しくきこえ
大井町織物工場の暗い軒から
わあツ！　と言つて飛び出しちやつた。

朔太郎自身が「生産性」のない生活を続けていることに父親からは散々に小言を言われた、とエッセイ『隣人への挨拶』の中で述べている。

エッセイ『隣人への挨拶』

僕の過去の生活に於て、いちばん恥かしく自責の念に耐へなかつたことは、何一つ生産的の仕事をしないで、ぶらぶら遊んで居たといふことだつた。「お前のやうな穀つぶしはない」と言つて、親父に散々小言を言はれた。或る時父が病家の往診から歸つて來て、突然「社會主義といふものを知つてゐるか？」と質問した。不意に意外の問なので「エエ」と曖昧の返事をすると、父は尙言葉をついで「今日病家に行つたら、隣の部屋で息子たちが話をして居た。社會主義といふものは、働かない奴は食ふ資格がないといふことを說くのださうだ。立派な眞理だ。お前も少し社會主義でも勉強しろ！」と叱られた。或る時父に小使錢をねだつたら、默つて僕の手を引いて庭に下りた。それから地の一部を指して「此所を掘つて見ろ」と言つた。何だか解らないが、とにかく言はれる通りにして居ると「どうだ。金が出て來たか。」と言つた。「地面を何尺掘つたところで、一錢の金も出やしないのだ。よく解つたか。」と言つて父はずんずん行つてしまつた。

父の死んだ後でも、かうした教訓は僕の胸に沁みこんで居た。社會主義の標語ではないが、寛際僕のやうな人間は食ふ資格が無いのである。何でも好いから、とにかく生產的の仕事を見附けて働きたく、それぱかり每日考へて居た。一定の職業を持つてる人が、すべて皆立派な人間的生活者のやうに見えた。役場の小使や郵便集配人のやうな人でさへが、自分よりは偉く思はれ、羨やましくてたまらなかつた。自分が遊食してゐることを考へると、人前に逢はせる顏もないほど恥かしく、不眞面目の骨頂に思はれた。僕は自分を人間の屑だと思つた。そのくせ依然として怠けもので、金にもならない詩を書く位しか、何一つしない穀つぶしの生活を續けて、到頭今日まで來てしまつた。

だが、最近になつてからは、かうした自分の生活に對して、あまり痛切な自責や卑下感を持たなくなつた。人が生産的の仕事をしないといふことは、決して必ずしも惡いことではない。もしそれが惡いといふなら、すべての藝術家の生活は皆惡いのだ。なぜならすべての藝術は―繪でも、音樂でも、文學でも―本來皆生產的の仕事ではないからである。藝術家が作品を賣つて金を取るのは、藝術の目的ではなくして餘剰に過ぎない。金にならない詩や文學を書いてる人が、それで生活費をかせぐことの出來る人の前に、自ら卑下を感じて恥かしがる必要は少しもないのだ。

僕は現に、父の殘してくれた少許の遺產で生活して居る。これもかつては非常に恥かしいことのやうに考へ、何等か道德的の惡事でも犯してゐるやうに感じられてた。人に生活費の出所を問はれる每に、僕は烈しい屈辱を感じて眞赤になつた。「父の遺產で」といふ答が、どうしても恥かしくて口に出せないほどであつた。しかし最近では、それも平然と公言できるやうになつた。人がこれに對して「結構な御身分ですな」などと言ふ時、半ば羨望を混じた侮辱の意味を直覺し、昔は眞赤になつて卑下したものだが、今は逆に腹を立てて罵り返してやりたくなる。遺產で食ふのが何故惡いのか？　人は食ふことの爲に生きるのぢやない。生きることの爲に食ふのである。もし食に追はれる必要がなかつたら、強ひて勞働する必要はどこにもないのだ。

昔は商人やサラリイマンや職業人が、人間としての義務を盡した立派な生活者のやうに思はれて居た。だが今は彼等の前に、少しも自分の卑下を感じなくなつた。なぜと言つて、彼等の職業人は、自分の仕事に何の意義も目的も感じては居ないのだから。（中略）だが只一つ、物質的にあまり不自由をしないといふことだけで、他の多くの人々に比して幸福である。そしてこの幸福を享受することは、僕の運命に祝福された特權である。この特權に對して、僕は何の自誇も感じない代りに、何の道徳的卑屈も感じない。世の多くの無數の人が、各自の夫々の境遇によつて、各自の夫々の生活をしてゐるやうに、僕もまた僕自身の樣式で生活して居る。いかなる樣式の生活も、他に比して善惡高下の差別はない。すべての生活は平等である。

「結構な御身分ですな！」と、今朝また隣人が僕に言つた。

「馬鹿にするなツ」と、僕は心の中で罵り返した。それから氣を取り直して笑顏を作り、心から朗らかになつて答へた。

「好い天氣になりましたなア。ぢきにもう花が咲き出すでせう！」

父親から厳しく小言を言われた朔太郎はこのエッセイで自覚したかに見えたが、やはり、根本的には反省していない。彼は、幸福を享受するのは特権であるという認識の下で、仕事をせずに遊び、酒を飲み、文学と音楽に明け暮れる日々を過ごすことになる。

朔太郎は「この幸福を享受することは、僕の運命に祝福された特権である」と述べたが、世間からしたら反感を買う言葉であろう。

父親の「社會主義といふものは、働かない奴は食ふ資格がない…立派な眞理だ」ということについても、当時の日本は、明治・大正にかけて欧米諸国の近代文明を取り入れ、産業振興に必死であった時代である。従って、社会主義であるかなしかではなく、世相は「働かざる者食うべからず」という社会通念があった。

彼は、親の財産を食いつぶすのが何故悪いなどとのニュアンスの言葉を述べているが、他人に目をやらない独特の考えであり、自己中心で生きてきた彼しか通用しない偏見的言葉である。

彼は「人は食べるために生きるのではない。生きるために食べるのである」と御託を並べるが、作為的であり、いずれにしても人間は食べなくては生きられない。

このような説得力のない屁理屈を言うのならば、父親の援助を断ち、世間から「のらくら者」と揶揄されないよう自立してから言うべきであろう。

彼の屁理屈は世間には通用しない言葉であるが、裕福な家庭に生まれた人でも、親の厄介者にならずに早い段階から自立し、親の遺産を社会に還元するすばらしい人もいるのである。比較するまでもなく、いずれが偉人かと言えば、社会貢献したすばらしい人である。

詩人である前に、一人の人間としての心構えを正すべきであろう。

二　離婚と転居

朔太郎は大正8（1919）年5月、お見合いで上田稲子と結婚するが、昭和元（1926）年に大井町より馬込に転居したあたりから、互いにとって幸せなものではなかった。

昭和3年には稲子夫人と嫌悪な雰囲気となり、この年に、サロンでのダンスに熱中した夫人は、相手の青年と恋仲となる。

翌年6月、2人の間は破綻し、翌月、朔太郎は子供2人と共に前橋へ帰郷するが、同月末に上京して、稲子夫人と正式に離婚することになる。

離婚届は10月14日付で提出し、朔太郎は2児をともない再び帰郷するが、その時の列車の情景を詠っているのが『帰郷』である。

『歸鄕』（氷島所収）

わが故郷に歸へる日
汽車は烈風の中を突き行けり。
ひとり車窓に目醒むれば
汽笛は闇に吠え叫び
火焰(ほのほ)は平野を明るくせり。
まだ上州の山はみえずや。
車室の仄暗き燈火の影に
母なき子供等は眠り泣き

ひそかに皆わが憂愁を探(さぐ)れるなり。
ああまた都を逃れ來て
何所(いづこ)の家郷に行かんとするぞ。
過去は寂寥の谷に連なり
未來は絶望の岸に向へり。
砂礫の如き人生かな
われ既に勇氣おとろへ
暗澹として長(とこし)なへに生きるに倦みたり。
いかんぞ故郷に一人歸り
さびしくまた利根川の岸に立たんや。
汽車は曠野を走り行き
自然の荒寥たる意志の向ふに
人の憤(いきどほ)りを烈しくせり。

この時期の朔太郎が苦境に立たされていたのは、間違いなさそうである。なお、同年の『婦人公論』（11月号）に発表となった稲子の手記には、朔太郎の不貞が吐露されているので、その一節を記しておきたい。

『婦人公論』（昭和四年十一月号）

彼には今尚思慕の情をそそいでゐる一人の初恋の女がある。私は大切に保存されたその女の恋文を発見した時、背筋を冷たいものが通るのを感じた。彼は全く、私を抱きながら、その女の幻想を心に描いてゐたのである。私は強烈に侮辱されたやうな痛手を心に受けた。

彼女の言う初恋の女とは、高崎の医師・佐藤清に嫁いだ馬場ナカ（洗礼名・エレナ）のことである。

既婚者に思いを寄せ続ける朔太郎の精神状態に問題があることは述べてきたが、上田稲子がダンスの相手と恋仲となるのも、朔太郎の不貞が要因であるのは間違いなく、ここにも、朔太郎の人間としての評価を見逃すことはできない。

離婚後の昭和４（１９２９）年11月、朔太郎は前橋の実家から上京し、赤坂のアパート（乃木坂倶楽部）に仮住まいすることになるが、白昼はベッドに寝て寒さを凌ぎ、夜は遅く起きて徘徊したと言う。

訪れる人がいたが、応ぜずに扉に鍵をかけ、固く閉ざしていたと述べている。

『**詩篇小解**』

連日荒瀬情最も極めたり
白晝はベッドに寢て
寒さに悲しみ
夜は遲く起きて徘徊す
まれに訪う人あれども応えず
扉に固く鍵を閉ざせり

この詩からは、2児の面影が感じられないが、もしかすると、実家の母親に預けて単身で赤坂のアパートに仮寓したものと見られる。

『**乃木坂倶樂部**』（氷島所収）

十二月また來れり。
なんぞこの冬の寒きや。
去年はアパートの五階に住み
荒漠たる洋室の中

壁に寝臺（べつと）を寄せてさびしく眠れり。
わが思惟するものは何ぞや
すでに人生の虚妄に疲れて
今も尚家畜の如くに飢ゑたるかな。
我れは何物をも喪失せず
また一切を失ひ盡せり。
いかなれば追はるる如く
歳暮の忙がしき街を憂ひ迷ひて
晝もなほ酒場の椅子に酔はむとするぞ。
虚空を翔け行く鳥の如く
情緒もまた久しき過去に消え去るべし。

十二月また來れり
なんぞこの冬の寒きや。
訪ふものは扉（どあ）を叩（の）つくし
われの懶惰を見て憐れみ去れども
石炭もなく煖爐もなく
白堊の荒漠たる洋室の中

我れひとり寝臺（べつと）に醒めて
白晝（ひる）もなほ熊の如くに眠れるなり。

「家畜の如くに飢ゑたるかな」とあるが、まことに奇妙な表現であり、動物のように、父親に養われて生活している意味を言語化したとみられる。

『動物園にて』（氷島所収）

灼きつく如く寂しさ迫り
ひとり來りて園内の木立を行けば
枯葉みな地に落ち
猛獣は檻の中に憂ひ眠れり。
彼等みな忍從して
人の投げあたへる肉を食らひ
本能の蒼き瞳孔（ひとみ）に
鐵鎖のつながれたる惱みをたへたり。
暗鬱なる日かな！
わがこの園内に來れることは

彼等の動物を見るに非ず
われは心の檻に閉ぢられたる
飢餓の苦しみを忍び怒れり。
百たびも牙を鳴らして
われの欲情するものを噛みつきつつ
さびしき復讐を戰ひしかな！
いま秋の日は暮れ行かむとし
風は人氣なき小徑に散らばひ吹けど
ああ我れは尙鳥の如く
無限の寂寥をも飛ばざるべし。

この詩中には「鐵鎖のつながれたる悩みをたへたり」とあるが、父親の過保護によって、生きながらえる自分の精神的悩みを、家畜に例えているようにみえる。

「動物園にて」の原稿（提供：前橋文学館）

『虎』（氷島所収）

虎なり
曠茫として巨像の如く
百貨店上屋階の檻に眠れど
汝はもと機械に非ず
牙歯もて肉を食ひ裂くとも
いかんぞ人間の物理を知らむ。
見よ、穹窿に煤煙ながれ
工場區街の屋根屋根より
悲しき汽笛は響き渡る。
虎なり
虎なり

午後なり
廣告風船（ばるうむ）は高く揚りて
薄暮に迫る都會の空
高層建築の上に遠く坐りて

汝は旗の如くに飢ゑたるかな。
杳として眺望すれば
街路を這ひ行く蛆蟲ども
生きたる食餌を暗鬱にせり。

虎なり
昇降機械（えれべえたあ）の往復する
東京市中繁華の屋根に
琥珀の斑（まだら）なる毛皮をきて
曠野の如くに寂しむもの。
虎なり！
ああすべて汝の殘像
虛空のむなしき全景たり。

郷土に求めるものは何もないとして、都会を理想郷のように幻想したが、実際の都会は、やはり理想郷ではなかったことを虎に例えて述べている。しかしながら、同月下旬に父・密蔵が重体に陥った知らせが入り、急いでアパートを引き払い、帰郷することになる。

昭和５（１９３０）年７月、父・密蔵が死去したことで頼る人がなくなり、東京永住を決意し、その年の10月、妹・アイと共に上京している。

三　迷走する朔太郎

詩人であった朔太郎は、昭和10（1935）年から15年にかけ、詩に代わって文明批評など13冊のエッセイを発表している。

詩人からエッセイストになった瞬間であるが、昭和12年12月13日、朔太郎は東京朝日新聞の強い要請で、戦争プロパガンダとしての『南京陥落の日』を詩作している。

他にも、『軍隊』『品川沖観艦式』『愛國行進曲』『軍装の美學』『軍歌の今昔』や戦争を描いた『日清戦争異聞』を書いている。また、『太平洋行進曲——音楽上より見たる文化論』などについての軍歌論を書いたことにも留意しなくてはならない。

朔太郎はこの行進曲を讃美しているが、日本は敗戦によって軍国主義国家から脱し、民主主義が定着するに従い、戦前に流行った軍艦マーチや行進曲を排除する空気が日本国内に充満することになり、行進曲などは数奇の運命を辿ることになる。

朔太郎は戦中の死去によって知るよしはないが、軍隊行進曲について、旋律と節奏に深く関心を抱いていたのは間違いないことである。

『南京陥落の日』

歳まさに暮れんとして
兵士の銃剣は白く光れり。
軍旅の暦は夏秋をすぎ
ゆうべ上海を抜いて百千キロ。
わが行軍の日は憩はず
人馬先に争ひ走りて
輜重は泥濘の道に續けり。
ああこの曠野に戰ふもの
ちかつて皆生歸を期せず
鐵兜きて日に焼けたり。

天寒く日は凍り
歳まさに暮れんとして
南京ここに陥落す。
あげよ我等の日章旗
人みな愁眉をひらくの時

わが戰勝を決定して
よろしく萬歲を祝ふべし。
よろしく萬歲を叫ぶべし。

戦時中は多くの詩人たちが、戦争を煽る「戦争詩」を書いており、詩人らしからぬ時局詩であるが、萩原朔太郎も日本軍の戦勝に対し「よろしく萬歲を叫ぶべし」と煽る詩を新聞に載せている。その背景には、日本軍によって数千人の捕虜たちが暗い広場に連れて行かれ、機関銃で虐殺されていることを忘れてはならない。

「戦争詩」を書いた詩人たちは戦後、闇に隠れ、口を閉ざすことになる。その中に朔太郎も含まれていた。中でも、詩作の経緯を明かした詩人は、高村光太郎や小野十三郎・伊藤信吉などわずかである。

「戦争詩」を書いたか書かなかったではなく、表現者である詩人が、書いたことへの反省がないところに問題があると、筆者は考えている。

朔太郎は昭和12（1937）年12月13日付東京朝日新聞に、「わたしにとって詩ではありません」との弁明の文章を載せているが、書いた作品は明らかに詩であり、国民の受け止め方は「戦争詩」として見ている。

新聞社側は「戦争詩」として依頼し、その代償として朔太郎は原稿料を受理しているのである。詩であることを正々堂々と認めるべきであろう。なお、朔太郎は詩論『政治と藝術』において、

「詩の中に政治を取り入れてはならない」と明記しているのであるが、当時の日本政府がすすめていた政治は、軍事優先による他国への侵略戦争である。
朔太郎が詩作した「南京攻略」は「戦争詩」そのものであり、朔太郎の詩には問題が多々ある。
なお、『品川沖観艦式』（氷島所収）については、昭和３（１９２８）年12月１日、朔太郎がわざわざ横浜まで赴き、「御大礼特別観艦式」を見学して詩作している。

『品川沖観艦式』（氷島所収）

低き灰色の空の下に
軍艦の列は横はれり。
暗憺として錨をおろし
みな重砲の城の如く
無言に沈鬱して見ゆるかな。

曇天暗く
埠頭に観衆の群も散りたり。
しだいに暮れゆく海波の上
既に分列の任務を終へて

艦等(ふね)みな帰港の情に渇けるなり。

冬の日沖に荒れむとして
浪は舷側に凍り泣き
錆は鐵板に食ひつけども
軍艦の列は動かんとせず
蒼茫たる海洋の上
彼等の叫び、渴き、熱意するものを強く持せり。

朔太郎の郷土前橋に対する強烈な嫌悪とは対象的に、「戦争詩」に対しては非難どころか、新聞社の要請に応え、積極的に作品にしている。

朔太郎が昭和10（1935）年6月に、個人雑誌『生理』に発表した『日清戦争異聞』は、今までほとんど研究者の間で論じられてこなかったので紹介しておきたい。

『日清戰争異聞』

日清戰争が始まつた。支那も昔は聖賢の教ありつる國で、孔孟の生れた中華であつたが、今は暴逆無道の野蛮國であるから、よろしく膺懲すべしという歌が流行つた。月琴の師匠の家へ石が投げられた。
明笛を吹く青年等は非國民として擲られた。改良剣舞の娘たちは、赤き襷に鉢巻をして、「品川乗出す吾妻艦」と唄つた。そして、「恨み重なるチャンチャン坊主」が、至る所の絵草紙店に漫画化されて描かれていた。
そのチャンチャン坊主の支那兵たちは、木綿の綿入の満州服に、支那風の木靴を履き、赤い珊瑚玉のついた帽子を被り、辮髪の豚尾を背中に長くたらしていた。（後略）

『軍歌の今昔』『愛國行進曲に就て』について、一部分を記しておきたい。

『軍歌の今昔』

（前略）
ついでに言ふが、日清、日露役時代に出來た『雪の進軍』と『軍艦マーチ』は、日本人の作つた代表的名行進曲として、普ねく世界的に有名ださうである。前者は陸軍軍樂隊長永井氏の作で、後者は海軍軍樂隊長瀬戸口氏の作曲である。共に日本人の傳統的國民性をよく旋律化してゐる。

『東京朝日新聞』（「槍騎兵」）昭和十二年九月二十日

『愛國行進曲に就て』

（前略）

日露戰争時代の軍服を着た白髪の老軍樂手が、祖國の一大非常時に際して奮ひ立ち、この名行進曲を作つたといふことは、強く僕等の心を打つものがある。單にドラマチツクといふだけではない。もつとヒロイツクで崇貴に美しい者が感じられるのである。

讀賣新聞（「文壇曲射砲」）昭和十三年二月四日

戦争を書いた経緯を明かさない詩人が多いが、朔太郎もその一人である。そんななかで、著名な詩人・したまど・みちお（本名・石田道雄）は、戦争を賛美するプロパガンダ詩について、弱い自分がいたとして謝罪し、強く自己批判をしている。このように、勇気を持って自己批判できる人は立派である。

朔太郎は、昭和12（1937）年に発表した『南京陥落の日』の翌昭和13年4月に、大谷美津子と再婚し、伊豆・上州方面に新婚旅行をしている。しかし、結婚生活は1年半で途切れ、昭和14年の年末には、早くも離婚することになる。

8章　変節した詩人・萩原朔太郎

一　過去を追憶する朔太郎の詩的価値を問う

朔太郎は、青年期の実体験をイメージとして、郷土前橋の愛憎感や横恋慕をベースに詩作を世に出したのが、『月に吠える』『郷土望景詩』『純情小曲集』である。

それは、郷土で過ごした孤独の日々や憎悪の思いを過去の記念碑とする意図からであろう。だが、『青猫』（大正12年）所収の詩に見えるような朔太郎が幻想した都会ではなかったのである。

それに続いて、妻・稲子との離婚や支援者であった父・密蔵の死によって必然的に生活環境が変化し、帰るべき家郷を喪失することになる。

こうした喪失感にまみれた朔太郎は、自らを「漂泊者」と認識することになり、それを表現したのが『氷島・自序』（昭和9年6月）である。

『氷島・自序』

近代の抒情詩、概ね皆感覺に偏重し、イマヂズムに走り、或は理智の意匠的構成に耽つて、詩的情熱の單一な原質的表現を忘れて居る。却つてこの種の詩は、今日の批判で素朴的なものに考へられ、詩の原始形態の部に範疇づけられて居る。しかしながら思ふに、多彩の極致は單色であり、複雑の極致は素朴であり、そしてあらゆる進化した技巧の極致は、無技巧の自然的單一に歸するのである。藝術としての詩が、すべての歴史的發展の最後に於て、究極するところのイデアは、所詮ポエヂイの最も單純なる原質的実体、即ち詩的情熱の素朴純粋なる詠嘆に存するのである。（中略）

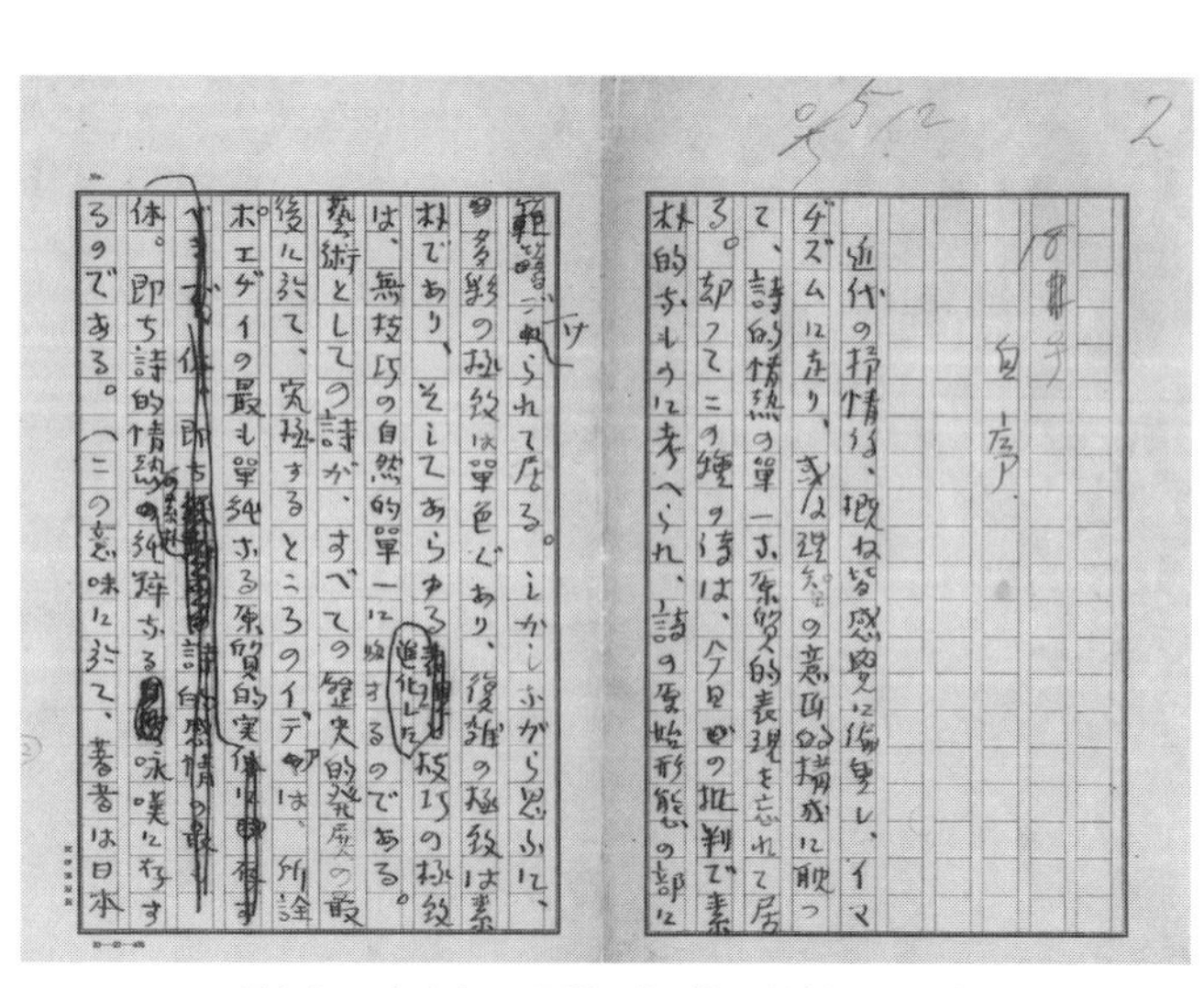

「氷島・自序」の原稿（提供：前橋文学館）

すべての藝術的意圖と藝術的野心を廢棄し、單に「心のまま」に、自然の感動に任せて書いたのである。したがつて著者は、決して自ら、この詩集の價値を世に問はうと思つて居ない。この詩集の正しい批判は、おそらく藝術品であるよりも、著者の實生活の記錄であり、切實に書かれた心の日記であるのだらう。

著者の過去の生活は、北海の極地を漂ひ流れる、侘しい氷山の生活だつた。その氷山の嶋嶋から、幻像（まぼろし）のやうなオーロラを見て、著者はあこがれ、惱み、悅び、悲しみ、且つ自ら怒りつつ、空しく潮流のままに漂泊して來た。著者は「永遠の漂泊者」であり、何所に宿るべき家鄉も持たない。著者の心の上には、常に極地の侘しい曇天があり、魂を切り裂く氷島の風が鳴り叫んで居る。さうした痛ましい人生と、その實生活の日記とを、著者はすべて此等の詩篇に書いたのである。讀者よろしく、卷尾の小解と參照して讀まれたい。

因に、集中の「鄉土望景詩」五篇は、中「監獄裏の林」の一篇を除く外、すべて既刊の集に發表した舊作である。此所にそれを再錄したのは、詩のスタイルを同一にし、且つ内容に於ても、本書の詩篇と一脈の通ずる精神があるからである。換言すればこの詩集は、或る意味に於て「鄉土望景詩」の續篇であるかも知れない。著者は東京に住んで居ながら、故鄉上州の平野の空を、いつも心の上に感じ、烈しく詩情を敍べるのである。それ故にこそ、すべての詩篇は「朗吟」であり、朗吟の情感で歌はれて居る。讀者は聲に出して讀べきであり、決して默讀すべきではない。これは「歌ふための詩（うた）」なのである。

昭和九年二月

著者

『氷島』所収の中には、自らの人生を詠んだ『漂泊者の歌』と『珈琲店醉月』があるので紹介したい。

『漂泊者の歌』（氷島所収）

日は斷崖の上に登り
憂ひは陸橋の下を低く歩めり。
無限に遠き空の彼方
續ける鐵路の柵の背後(うしろ)に
一つの寂しき影は漂ふ。

ああ汝　漂泊者！
過去より來りて未來を過ぎ
久遠の鄕愁を追ひ行くもの。
いかなれば蹌爾として
時計の如くに憂ひ歩むぞ。

石もて蛇を殺すごとく
一つの輪廻を斷絶して
意志なき寂寥を蹈み切れかし。

ああ　惡魔よりも孤獨にして
汝は氷霜の冬に耐へたるかな！
かつて何物をも信ずることなく
汝の信ずるところに憤怒を知れり。
かつて欲情の否定を知らず
汝の欲情するものを彈劾せり。
いかなればまた愁ひ疲れて
やさしく抱かれ接吻（きす）する者の家に歸らん。
かつて何物をも汝は愛せず
何物もまたかつて汝を愛せざるべし。

ああ汝　寂寥の人
悲しき落日の坂を登りて
意志なき斷崖を漂泊（さまよ）ひ行けど

いづこに家郷はあらざるべし。
汝の家郷は有らざるべし！

『珈琲店　醉月』（氷島所収）

坂を登らんとして渇きに耐えず
蒼跟として醉月の扉(どあ)を開けば
雜然たる店の中より
破れしレコードは鳴り響き
場末の煤ぼけたる電氣の影に
貧しき酒瓶の列を立てたり。
ああ　この暗愁も久しいかな！
われ正に年老ひて家郷なく
妻子離散して孤獨なり
いかんぞ漂泊の悔を知らむ。
女等夾りて卓を圍み
われの醉態をみて憐れみしが
たちまち罵りて財布を奪ひ

残りなく銭（ぜに）を數へて盗み去れり。

同時期に『詩の原理』（昭和3年4月）を刊行しているが、その中で、自らの生きる時代を過渡期と捉えた。それは、朔太郎が過去に創作した口語自由詩は、西洋まがいの無理な自由詩であり、伝統詩形の和歌や俳句の芸術的完成度には遥かに及ばないものであったとしている。

ここで疑問なのは、『詩の原理』第13章「日本詩壇の現状」の一文である。

『日本詩壇の現状』（詩の原理所収）

現時の詩人は、日本文明の混沌たる過渡期に於ける、一つの不運な犠牲者である。（中略）

今日の我が國は、過去のあらゆる美が失われて、しかも新しい美が創造され得ない、絶望悲痛のどん底に沈んでいる。

詩作のイメージを高めようとした郷土への仮想的口語詩は、必然的に崩壊することになり、天真爛漫な朔太郎の作品や、詩人とは思えない下品な言葉の書簡などから、朔太郎に批判的な人たちからは、イメージを想像することすらできなくなる。

朔太郎の孤独感を詩によって鑑賞する者としては、鑑賞する意義や目的を全うすることができず、結果的に彼の詩的価値を下げることになったのである。よって、過渡期というのは自らが過渡期なのであって、日本文明の過渡期などはこじ付けに過ぎない。

二　朔太郎は「口語自由詩の確立者」ではなかった

前橋文学館のしおりには、「口語自由詩の確立者」と明記しているが、果たしてそうであったか疑わしい。

朔太郎の詩集『氷島』はすべて漢文調の文語体で書かれており、朔太郎本人が自辱しているように、口語自由詩は退却したことになる。つまり、昔の文語体に回帰したことで、朔太郎の詩集に対する評価が分かれるきっかけとなっている。

口語自由詩から漢語体文語詩に回帰した朔太郎が、『「氷島」の詩語について』述べているので紹介しておきたい。

『「氷島」の詩語について』（詩人の使命所収）

「氷島」の詩は、すべて漢文調の文章語で書いた。これを文章語で書いたといふことは、僕にとつて明白に「退却（レトリート）」であつた。なぜなら僕は處女詩集「月に吠える」の出發からして、古典的文章語に反抗し、口語自由詩の新しい創造と、既成詩への大膽な破壊を意表して來たのだから。今にして僕が文章語の詩を書くのは、自分の過去の歴史に對して、たしかに後方への退陣である。

しかし「氷島」の詩を書く場合、僕には文章語が全く必然の詩語であつた。換言すれば、文章語以外の他の言葉では、あの詩集の情操を表現することが不可能だつた。當時僕の生活は全く破產し、精神の危機が切迫して居た。僕は何物に對しても憤怒を感じ、絶えず大聲で叫びたいやうな氣持ちで居た。「青猫」を書いた時には、無爲と懶惰の生活の中で、阿片の夢に溺れながらも、心に尙ヴィジョンを抱いて居た。しかし、「氷島」を書いた頃には、もはやそのヴィジョンも無くなつて居た。憤怒と、憎惡と、寂寥と、否定と、懷疑と、一切の烈しい感情だけが、僕の心の中に殘つて居た。「氷島」のポエヂイしてゐる精神は、實に「絶叫」といふ言葉の内容に盡されて居た。（中略）

朔太郎は、口語詩から漢文調の文章語に回帰したことを「退却」という言葉で認めているが、具体的には口語自由詩から文章語に回帰した明快な説明はなく、敢えて言うならば、「必然」ということと、当時の生活が破産したということである。

もともと、生活無労力者と言われる彼のことであり、世間一般で言う破産ということになる。さらに次の文章には、口語自由詩に対する強烈な自己批判をしている。

「氷島」の場合、もし僕が漢語調を選ばなかつたら、世のいはゆるプロレタリア詩人や社會主義詩人が書いてゐるやうな、である式演説口調の口語自由詩を作る外なかつたらう。なぜなら今の日本語で、少しく意氣昂然たる斷定の思想を敍べるためには、かうした演説口調（論文口調と言っても同じである）以外にないからである。しかし僕はおそらくまた決してそれを取らなかつたらう。なぜなら前に言ふ通り、かうした演説口調の言葉といふものは、斷定の響が弱く曖昧であり、その上に言葉が非藝術的に重苦しく、到底「美」のスキートな魅惑と悦び―それが藝術品としての詩に於ける、本質の決定的價値である。―を與へてくれないから。かうした類の言葉は、感性のデリカシイや美意識やを必要としないところの、粗野な政談演説などには適するけれども、藝術品としての詩には不適であり、あまりにラフで粗雑すぎる。すくなくとも僕の神經は、かういふ自由詩の非藝術的粗雑さに耐へられなかつた。（中略）

この詩論において、朔太郎は「自由詩の非藝術的粗雑さに耐へられなかつた」と言うが、自ら詩作した口語自由詩を耐えられないと自己否定したのである。従って、朔太郎の詩形は確固たるものでないことを認めたのである。

要するに「氷島」の詩語は、僕にとつての自辱的な「退却」だつた。その點から僕は、この詩集を甚だ不面目に考へてる。その巻頭の序文に於て、一切の藝術的意圖を放棄し、ただ心のままに書いたと斷つたのも、つまりこの「退却」を江湖の批判に詫びたのである。詩人が詩を作るといふことは、新しい言葉を發見することだと、島崎藤村氏がその本の序文に書いている。新しい日本語を發見しようとして、絶望的に悶え惱んだあげくの果、遂に古き日本語の文章語に歸つてしまつた僕は、詩人としての文化的使命を廢棄したやうなものであつた。僕は既に老いた。望むらくは新人出でて、僕の過去の敗北した至難の道を、有爲に新しく開拓して進まれんことを。

冒頭では「自辱的退却」と述べていたが、最後には若い詩人への期待を暗示させた敗北宣言となっている。

朔太郎の言葉には不真面目さが見られるが、口語自由詩から文語詩に退却したことについて、詩形思想の誤りであることは確かである。また、本来とるべき藝術的意図を放棄したと言うのみで、「後方への退陣」という抽象的言葉で濁している。

しかしながら、彼の目指した詩形の転換が、挫折によって詩作への迷いが生じ、第一線から退くことは避けられないのは確かである。

朔太郎の詩論にはペテンと矛盾性が多く見られるが、「迷走する朔太郎」の項でも記したが、東京朝日新聞に載せた「戦争詩」には「あれは詩ではありません」と述べるなど、朔太郎の言葉には不真面目さが多過ぎるのである。

また、口語自由詩の退却についても、「つまり、この「退却」を江湖の批判に詫びたのである」と言い、解釈によっては、世の中の批判を受けたので仕方なく詫びたかのようにもみえ、他人事のような言い回しである。

朔太郎は、昭和10（1935）年を境にしてエッセイを発表することになるが、詩を書かなくなったのではなく、書けなくなったというのが当てはまる。何故ならば、口語自由詩の確立者なとという言葉は、すでに死語と言ってよい。

詩はその時代の言葉や風物などの文化を吸収して成り立つものであり、時代を越えて揺ぎないのはすべて「現代詩」だからである。本人も『芥川君との交際について』で述べているが、「自分のデタラメな独断批評」を認めているのである。

詩形の退却とともに、詩人として退却したのは間違いないであろう。詩人として名声を博したのではなく、元詩人であった彼がエッセイストとして、後世に名が残ったことになろう。

正式には、詩人・萩原朔太郎ではなく、エッセイスト・萩原朔太郎である。なお、『詩人は散文を書け』において、自由詩は非芸術的であると述べているので一文を載せておくことにした。

『詩人は散文を書け』（詩人の使命所収）

今の日本の所謂自由詩と稱するものは、詩としてあまりにも非藝術的無形態にすぎるものだが、一種の散文（詩人の散文）として見る時、初めて特殊の意義があるといふ、百田宗治君の說には贊成である。つまり今の自由詩といふ文學は、正しい意味での「詩」ではなくなつて、「ライン書式で書いた散文」の一種なのである。所でこのライン書式といふものは、普通の縦書きに比して讀み易く、多少印象的に感じられるといふ點で特色があり、一概に無意義として排すべきものではないが、それが錯覚した韻文意識を持つところに、僕等の啓蒙すべき詩論があるのだ。（後略）

自己否認しているのである。彼の思想には大きな矛盾があり、彼の思想を論ずることがすでに空論ではないかと、筆者は考えている。

しかも、複雑性を秘めており、一貫した哲学ではなく、説得力に欠けたその場限りの無責任さが見える。従って、この一文は彼特有の敗北宣言である。

三　文語体詩語に回帰した動機を検証

朔太郎が口語自由詩に傾斜したのは、島崎藤村の「詩人が詩を作るということは、新しい言葉を發見することだ」との言葉が発端となり、乗り換えたことになろう。

若き朔太郎が詩形を転換したきっかけは、文語体の詩作が上手く書けなかったことが最大の理由と思われる。従って、信念に基づくものではなく、詩に対する未熟さが残る青年が、試行錯誤のうえ辿りついたのが、日記のように自由に思いを表現できる散文形式の口語自由詩ということであろう。

彼はこの時期、詩形に対する理論が固まっていたとは考えづらい、おそらく漠然とした中で口語詩に傾注したものと思われる。

詩人として力量がつくに従い、口語自由詩の間違いに気づき、より芸術的な文語体に回帰したというのが正直なところではないだろうか。

文語体の詩人・佐藤春夫との論争において、佐藤は「古心を得たら、古語を使いましょう」と皮肉を込めて論(さと)しているが、彼はその後、「古心を得た」のであろう。漢語体の文語詩を使うことになる。

佐藤春夫の言ったとおりになったわけであるから、詩人としては一枚も二枚も佐藤の方が上であり、師が弟子に諭したようなものである。佐藤春夫の詩は、しっくりして美しく、意味が分かるのが特徴である。まさに芸術的な感がする。

朔太郎は、世間の批判を交わすために、理屈っぽい詩論を展開しているが、彼は、詩論を書けば書くほど佐藤とは対象的な詩論を生むのである。

論戦で佐藤を激しく攻めたが、結局は古き日本語の漢文調文語体に逆戻りしており、詩人としては実にお粗末である。

9章　朔太郎の詩論への疑問

一　朔太郎が示す芸術論への矛盾

朔太郎は詩集『氷島』の自序で、詩の在り方についてこのように述べている。

「藝術的意図と藝術的野心を廃棄し、単に心のままに書いた著者の生活の記録であり、切実に書かれた心の日記である」

しかし、詩論『「氷島」の詩語について』で、「自由詩の非藝術的粗雑さに耐へられなかった」と述べている。異常なまでの矛盾は以下の詩論にも見える。


『詩の本質性について・自由と約束』（詩人の使命所収）

（前略）

散文的自由主義といふことは、詩の藝術性の中に存在しない。詩はすべての文學中で、最も約束の多い藝術である。韻律と、ラインと、イメーヂと、てにをはと、それからあらゆる言葉の約束とが、詩の形態に於て規定されてる。詩は一つの「法律」である。何人も、その法律を知らない限り、詩を理解することができないし、自らまた、詩を藝術することもできないのである。（後略）

詩は法律であると言い、理解できなければ詩を芸術することもできないとしている。朔太郎の詩論は支離滅裂であり、信用することも理解することも難しいが、『詩術』では、さらに意味不明の言葉で論じている。

『詩術』（詩人の使命所収）

「詩術」とは、読者を楽しませることの術である。そのためにこそ、藝術はすべてにトリツクを使用する。嘘をついたり、誇張したり、戰慄させたり、色仕掛けで悦ばせたり、不意打ちを食わせたり、空の魔法箱の中から色々の品物を取り出して見せたりする。

詩術とは、読者をペテンにかけることの術であり、その限りの意味に於いて、すべての善き詩人はペテン師である。詩術を持たないところの詩人は、花の咲かない花樹と同じく、無意味で退屈なものにすぎない。なぜなら彼等は、読者を楽しませることを知らないから、そして楽しみのないところの詩は、本質において詩藝術でないからである。詩人は常に真面目である。しかしながら詩藝術は、常に子供と同じく遊戯を好み、無邪氣な噓言つきをさへ好むのである。

すべての詩は噓言である。しかしながらまた、すべての詩は眞實である。噓言をさへつけないやうな、低能な詩人は無価値であり、眞實だに言へないやうな熱意のない詩人は似而非物である。

朔太郎は自分の詩論に食い違いがあることを認めており、『詩人の使命・自序』では、「自分の詩論はしばしば食い違った二律背反の自家矛盾を犯してゐる」と述べている。ならば、デタラメな詩論を書く必要などないはずであるが、書くことに意義を感じているようにも見える。そのうえで、詩論『詩術』について述べるならば、あまりにも無責任な表現が多いことに気づく。

例えば、「すべての詩は噓言である。しかしながら、すべての詩は眞實である」とか、「すべての善き詩人はペテン師である」と述べているが、頭の中で整理せずに述べており、何を言わんとしているのか、世間の常識人が理解するのは困難である。

噓と言えば、『郵便局の窓口』（青猫所収）に「鶏のように零落して、靴も運命もすりきれ」、あるいは「けふもまた職業は見つからない」などの言葉を述べているが、働く意欲があれば、見つからないことはなく、大局的な独り善がりでしかなく、少なくとも事実ではない。

また、「噓もつけない低能な詩人は無価値」であると言い切るが、そこまで言い切るとなると、彼に道徳観念があるのか疑問をいだかざるを得ない。

朔太郎は「詩はすべて文学中で最も約束された藝術であり、法律である」とまで述べており、彼独自の世界でしか通用しない拙論である。

ここで朔太郎の精神構造が露見する二つの短い詩論を紹介しておきたい。

『詩人の概念』（絶望の逃走所収）

情熱をもたない者は詩人ではない。叡智を持たないものは藝術ではない。そして詩人もまた、藝術家の一人なのである。これほど概念のはっきりした、論理的な定義はない。

『藝術至上主義者』（港にて所収）

藝術を一切の物の上に置き、道徳や生活や犠牲にしてまで、藝術至上主義を稱へる人々は、心の内密な蔭に於て、人類の幸福を呪ってゐるところの、恐るべき復讐の幽鬼である。

『詩人の概念』では、叡智を持たないものは芸術ではないとしつつも、詩人は芸術家であると言う。それに対し『藝術至上主義者』においては、芸術に対する激しい見解を述べている。朔太郎の言う芸術論には、根本的な矛盾と違和感だけが残る。

二　詩を書かない詩人の事象

『無用の人』を著した慶光院芙沙子は、朔太郎とは長い間家族同然のように接し、彼を知る最も身近な人であるが、彼女の作品にはこのような叙述がある。

『無用の人』（慶光院芙沙子著）

萩原さんは詩をかかない詩人であり、独自なエッセイスト萩原朔太郎へと変貌していた。

詩人としてのエッセイスト、この決定的な推移の一時期に私は萩原さんと全面的に、もつとも親近した。（中略）

萩原さんは、詩人朔太郎としての令名を、少なくとも世俗的には、「詩」によってではなく、独特のスタイルの「エッセイ」によって獲得された。

不思議な運命の皮肉から、エッセイスト朔太郎の文明の高まりとともに、詩人朔太郎の真価が認識され始めた。（中略）

萩原さんのエッセイなるものが、どう考えてみても、思想の上でも、文体の面でも、多くの矛盾を感じさせる。

思想の根底はかなり複雑性をもっているが、必ずしも一貫していない。発想法も、かつて私が感激していたほど決して独創的でない。

時代批判や世相評論も―とくに後期に至っては―あまりにも時世迎向的でさえある。また、もっとも肝要な文学論の部分も、随分独断的であるように思われる。しかも、いまもなお、詩人朔太郎に心酔する一女性からいわせてもらうとすれば、萩原さんの「思想」を論ずることがすでに空論ではないかとさえ思える。


この文中で、朔太郎は詩を書かない詩人としており、「詩人としてのエッセイスト」と述べている。この考えは筆者と一致するものである。

慶光院は朔太郎を最も身近で見ていた生き証人であり、研究者の褒め称えや非核心的な理論付よりも、的確に真実を述べられる人である。従って、朔太郎の精神面や私的行動、あるいは彼の詩に対する精神まで遠慮なく指摘している。

慶光院は朔太郎の不義に於いても暴露しており、朔太郎の父母の仲人であった福鎌夫妻が家督を息子の文也に譲っているが、文也の妻・信子を朔太郎は横恋慕していたことを漏らしている。

ちなみに、慶光院の母親は朔太郎と幼友達である。その関係からなのか、朔太郎は慶光院とその母親の家庭生活にまで影響を及ぼしている。

三　政治を取り入れないとした詩論への疑問

朔太郎は萩原朔太郎全集第10巻『詩人の使命』の中で、『政治と藝術』という詩論を展開しているが、「詩の中に政治を取り入れてはならないのである」とはっきりと述べている。

『政治と藝術』（詩人の使命所収）

政治は「社會の制度」を變へるのであり、藝術は「人間の情操」を變へるのである。所で社會の制度といふものは、人間の情操を根據として、それの地盤の上に建てられるべきものである。故に藝術は政治の方便となるべきものでなく、逆に却つて政治の方が、藝術の方便となるべきである。──藝術は政治の上にあり、政治は藝術の下にある。これを顚倒した思想は虛妄である。

詩人は政治への關心を持たねばならぬ。しかし詩（文學・藝術）の中に、政治を取り入れてはならないのである。詩人は社會主義であつても好い。しかしながら文學上では、常に藝術至上主義でなければならない。ハイネもバイロンも、シュレイも、トルストイも、ゴールキイも、ドストイエフスキイ（ママ）も、すべて皆さうであつた。彼等はその暴逆政府や、「人民の敵」と戰ひながら、その戰ひの最中に居て、常に最も純粋で美しい藝術にあこがれて居た。卽ち彼等は本質的に「詩人」であつた。

政治は特殊的であり、藝術は普遍的である。前者は或る民族や、或る國家や、或る階級者やのために、或る特殊の場合、或る特殊の時代にだけ立法し得る。之れに反して藝術はすべての民族、すべての階級者、すべての時代を通じて、普遍的一般的に通用する。（後略）

『萩原朔太郎全集』の中に載せてあるこの詩論は、朔太郎自身が詩人のあるべき姿を語ったに過ぎず、信念をもってこの考えを実行しようとしたわけではないところに問題がある。

朔太郎は、東京朝日新聞の要請で「戦争詩」を書いて新聞に載せているからである。つまり、詩論とはいえ、軍政に介入したことは読者を裏切ったことになる。

当時の新聞各社は、権力を誇示する時の政府、いわゆる軍事政権（日本政府）と一体となって悲惨な戦争を煽っていたのであるが、朔太郎は新聞社の要請に応えて政治に介入し、「戦争詩」を発表した経緯がある。

理想を語るのであれば、詩人・萩原朔太郎として真実を述べなくてはならない。読者を裏切ったとなれば彼の汚点であり、人格が問われても仕方ないであろう。

彼は詩論だけでなく、エッセイにおいても難解な文言をたびたび使い、どれほど無責任な言葉で読者を煙に巻いて来たか悩ましいところである。

これまでの詩論の中で、彼が論理や行動において慎重に考え、如何に真面目に整合性のある詩論を書いたか疑問である。

朔太郎の全集には膨大な詩集が納められているが、人生を積み重ねた国民の多くに感動を与えたか、議論の分かれるところである。支離滅裂な作品を数だけ多く書けば良いのではない。ペテンも方便として、煙に巻くための方策であったとしたら許しがたい。

（注記）『詩術』（詩人の使命所収）の中で、朔太郎は、「善き詩人はペテン師、すべての詩は嘘である」と述べている。『詩人の使命・自序』においても、「自分の詩論はしばしば食い違った二律背反の自家矛盾を犯している」と認めている。

四　朔太郎の言う理性論と行動の矛盾

朔太郎は、詩論には食い違いがあることを自認しているが、理性論についても大きな矛盾がある。まずは、『詩人の使命』所収の詩論『理性に醒めよ』について一部紹介しておきたい。

『理性に醒めよ』（詩人の使命所収）

すべての必然的なものは現實的であり、すべての現實的なものは理性的である、と言つたヘーゲルの言葉は眞理である。特に現代日本の文化に就いて、それが啓蒙される時に眞理である。なぜなら日本の文學や文明には、ヘーゲルの言ふ意味での「理性的なもの」が無いからである。先づこれを手近の詩壇から檢討しよう。（中略）

要するに詩ばかりではない。小説も、藝術も、風俗も、すべて日本の文化全體が、今日に於て沒理性的、沒批判的なのである。そしてまたそれ故に、社會的必然性がなく、非現實的に游離して居るのである。何よりも叫ばれなければならないのは、理性に醒めよ！といふ言葉である。そしてまたこの言葉は、一方に於てヒューマニチイを呼ぶのである。なぜなら眞の理性的批判性はヒューマニチイのモラルがないところに、決して獨立し得ないからである。たとへば日本の自然主義文學が、外國のそれを手本として出發しながら、全く似もつかぬ低徊趣味の文學に堕落したのは、日本の文學者の生活情操に、外國人の如き熱烈な人生への探求心（ヒューマニズム）が無かつたからである。日本のハイカラぶつた詩人たちが、ハイネやボードレエルを先生として出發しながら、一も眞の西洋的な詩文學に達することなく、依然として花鳥風月のヂレッタンチズムに耽つてるのは、一面から言へば彼等に哲學（理性人）が無い爲であり、一面から言へば彼等にそのヒューマニズムが無いからである。本質に人生探求のヒューマニチイと、イデヤやモラルを持たない所の文學は、所詮して皆趣味の遊戯であり、新しさの香氣を悦ぶダンヂイの流行にしかすぎないのである。理性的でないものは現實的でない。そして人が理性的であるといふ事は、彼がヒューマニストであることを意味するのである。理性人でないものはヒューマニストでなく、ヒューマニストでない者は理性人でない。（中略）

モラルのない人生は空虚である。僕もまた、ルッソオと共に、この時代の日本に向つて言はうとする。「友よ。醒めよ。稚態を脱せよ！」と。（後略）

この詩論において、彼が語ることに許し難い滑稽さがある。例えば、「何よりも叫ばれなければならないのは、理性に醒めよ！　といふ言葉である」と述べているが、彼自身が言うべき言葉なのか疑問である。理性を語るのであれば、恋い焦がれたとは言え、嫁いだお宅にストーカー行為をするはずはないからである。

この詩論には、彼が言う「人を騙すペテン要素」が多く含まれており、「ヒューマニストでない者は理性人でない」と言うが、彼自身が理性を欠いた代表者であろう。物事の道理を考える能力が著しく乏しいのか、感情を優先して理性を失ったのか知る由もないが、一つ言えるのは、語る能力だけは健在である。

また、「理性人でないものは現実的でない」とも言っており、まさに、彼は現実的でないことをおこなったわけであるが、どのように自己認識しているのか不思議である。

さらには、「モラルのない人生は空虚である」と言うが、ストーカー行為はモラルに反した行為であり、空虚感をみなぎらせる詩人の代表は彼自身である。つまり、彼自身の戒めとしか考えられないことを大衆に向かって述べているわけである。

最後に「友よ。醒めよ。稚態を脱せよ！」と威勢の良い語句を並べているが、ジャーナリストの大宅壮一は、『詩人』という雑誌で「詩人は皆、認識不在の低能児」であると批評しているが、朔太郎を低能児とは言わなくても、彼は三十路を越えても親の脛をかじって生きてきたのは事実であり、大人げなく横恋慕の挙げ句、犯罪であるストーカー行為までしている。

その後も既婚者の名を表記した詩を書くなど、大の大人がすべきことではなく、「醒めよ。稚態を脱せよ！」は自らに投げかけている言葉ということになろう。

五　難解な詩はないという朔太郎への疑問

朔太郎の詩を理解するのは難しいが、彼の詩論『難解の詩について』によれば、必ず解るはずであるとし、世の中には、解らない詩などはないと言う。

『難解の詩について』（詩人の使命所収）

「解らない詩」といふものが世の中にあるだらうか。西洋でもマラルメやラムボオの詩の中には、ずゐぶん難解なものがあつて、新聞社が懸賞で答解を募集したりしたことがあるさうだが、原理としては、詩は必ず解るものなのである。解らない詩なんてものは世の中にない。もし有るとすれば、それは作者が故意に悪戯気から、解らないやうにトリックして書いた詩である。いやしくも本気になつて作つた詩なら、屹度解らなければならない筈だ。何故なら人間の言葉といふものは、どんな支離滅裂な狂人のウハ言の中にさへ、何等かの表現しようとしてゐる、主観の本心が必然に現はれるから。（後略）

いみじくも、解らない詩があるとすれば、「作者が故意に悪戯気から、解らないやうにトリックして書いた詩である」と述べたが、これが本音であろう。

彼の詩論『詩術』では、「善き詩人はペテン師、すべての詩は嘘である」と述べているからである。嘘を理解しろというほど難しいものはない。

彼は「原理としては、詩は必ず解るものなのである。解らない詩なんてものは世の中にない」と嘯くが、それに対して、詩人である慶光院は『無用の人・朔太郎』において、朔太郎の詩は恐ろしく難解である、と否定しているので紹介したい。

『無用の人・朔太郎』（慶光院芙沙子）

朔太郎のこのような独創的―むしろ独断的―な詩論が、現在の学者や詩人から、どう評価されているか知らない。なぜか朔太郎について上述したような「詩論」そのものを正面から取り上げて論じた朔太郎研究はほとんどみあたらないようである。事実、この詩人の詩論は恐ろしく難解であり、そこでは一般の通念となつている用語法さえ通用しないのではないかと思われる。

このように、詩人の慶光院が難解であることを明快に述べているのだが、朔太郎を研究する多くの人たちは、真正面から向き合おうとせず、ジャーナリストがスポークスマンに取って代わったように、非核心的理論付けに終始しているのが現状である。

そこで、朔太郎の難解な詩とされる『夕やけの路』を紹介しておきたい。

『夕やけの路』

廂うら草履に膠をふみつけた、先生たるものが
なまけもので
でかだんなる
やくざで
おまけににかはをふみつけた
詩人たるところの

のんだくれの足どりだ
ベツタリコ
ヒツタリコ
どうです諸君
市の一方から
夕やけの路を　}ござるところを
ベツタリコ
グツタリコ
いやはや諸君
あれが、おひねりで
榎町のバアからござるところで
ヒツクリコ
ガツクリコ

この詩については、詩人の慶光院芙沙子も判読困難な書き方であると記しており、何とも幼稚で奇妙な詩文である。理解できたとしても詩としては無価値なものといえよう。

終章　似非韻文を諦め、エッセイへの転換

一　詩人としての使命を放棄した詩人

朔太郎は長きにわたって口語体の詩集を出し続けたが、アフォリズムや詩論へとジャンルを拡大し、漢文調の文語体に回帰したことで世間の批判を受けることになる。朔太郎はそれを「退却」と自認するが、詩人として絶望の境地にあったとみることができる。

新しい言葉を追求するとしていたが、長い年月を経て根付くのが言葉の文化であり、西洋文化が定着しなかったという理由は当てはまらない。何故かと言えば、西洋伝統の詩と日本の詩とは別個なものであるからだ。

例えば、江戸期の「そうろう」（候）言葉は、書簡を見れば明らかなように明治初期においてもそのまま使用されている。

従って、新たな言葉を追求するのであれば、時代を越えた長い年月を経なくてはならない。その時は、朔太郎の人生は尽きていることになろう。

朔太郎の時代に新しい言葉を追求することは不可能であり、そのことによって、詩人としての挫折感を味わうことになったとみられる。つまり、朔太郎が考える創造性は分からないでもないが、現実的ではなく、幻想的空論に過ぎないのである。

それ以後、詩人でありながら詩を書くことに行き詰まり、晩年は、エッセイを書き続けることになる。その理由として、朔太郎は『詩の原理』第13章『日本詩壇の現状』の中で、あらゆる文化が失われ、過渡期であったと強調し始めることになる。

彼自ら犠牲者としているが、そのようなことはない。「温故知新」という言葉があるように、日本の伝統芸術は絶えることなく、新しいものと調和しながら生き続けたのは確かであり、そのモデルは京都にある。京都は古き伝統を活かして新しいものを次々と生んでいるからである。

『詩の原理』第13章『日本詩壇の現状』

要するに現時の詩人は、日本文明の混沌たる過渡期に於ける、一つの不運な犠牲者である。(中略)

今日の我が國は、過去のあらゆる美が失われて、しかも新しい美が創造され得ない、絶望悲痛のどん底に沈んでいる。(後略)

この詩論では、詩として堪え得る美が失われたと言い、彼は自らを不運な犠牲者であるかの如く危機感を煽っている。しかし、朔太郎の内包された精神には、口語自由詩としての一貫した考えや理念があったわけではなく、思うがまま、自由に書き散らしたに過ぎない感がある。

彼の独善的行動が口語自由詩に対する無知な稚態を発揮することになり、文語体の詩人たちに論争を持ちかけたが、その結果、漢文体文語詩の重要性に気づくことになるわけである。しかし、既に遅きに失したというのが実態であろう。

その後において、創作した朔太郎の自由詩は、似非的な韻文に変化し、重厚な詩形の和歌や短歌のような芸術的完成度には、遥かに及ばないものとなっている。

それらの経緯を考えたならば、犠牲者などとはおこがましいのではないだろうか、自ら、お粗末でデタラメな詩論を展開し、論争を挑み、詩作した結果、世間の批判を浴びたのであり、むしろ、それを信じた読者こそ犠牲者であろう。

墓穴を掘った朔太郎は、『氷島』以降においては、本格的な詩を出すことは心理的にもできなくなる。数編の散文詩を除き、詩作への行き場を失ったということになる。従って、過渡期なのは彼自身なのである。

彼は詩が書けなくなると、代わって、歌論・詩論・文明批評などのエッセイを重点に発表するが、当時の世相は、文人たちを白眼視しており、新聞記者を「水商売」と言い、小説家や詩人を「ならず者」と言い、歌舞伎役者は「河原乞食」と言われた時代である。

その時代に三十路の彼が、「詩の原理」や「詩人の使命」などと絶叫しても、詩人の存在は奇人か変人にしか世間は見ていなかったのである。

詩人としての使命を放棄した彼は、昭和10（1935）年より同15年にかけて、詩論やエッセイなど13冊の著書を刊行している。

エッセイなど13冊の著書一覧

昭和10年　『純正詩論』『絶望の逃走』
昭和11年　『郷愁の詩人与謝蕪村』『定本青猫』『廊下と室房』
昭和12年　『詩人の使命』『無からの抗争』
昭和13年　『日本への回帰』
昭和14年　『宿命』
昭和15年　『昭和詩抄』『帰郷者』『港にて』『阿帯』

『純正詩論』『詩人の使命』は詩論をまとめたものであるが、エッセイの『無からの抗争』『日本への回帰』『帰郷者』にも、彼の内包された感情を見ることができる。

二　詩を文学の中心と強調した朔太郎への疑問と終焉

朔太郎はこの時期になると、日記のように詩論やエッセイを書き散らしているが、『廊下と室房』『和歌と恋愛』『悲恋の歌人式子内親王』『詩人の使命』『俳句について』『蕪村俳句の再認識について』など、朔太郎の詩論には、美・伝統的な和歌・俳句・能などが多く、満足する内容の詩論に接したことはない。

朔太郎は、文学の中心に詩があるとし、詩は太陽であり、俳句や和歌・小説などは惑星に過ぎないと見下したが、彼は持論を覆し、『蕪村俳句の再認識について』では、あれほど嫌った俳人・芭蕉を褒めたたえ、蕪村については、詩人であると高く評価しているのである。

『芭蕉俳句の再認識について』

僕は少し以前まで、芭蕉の俳句が嫌ひであつた。芭蕉に限らず、一体に俳句といふものが嫌ひであつた。しかし僕も、最近暫く老年に近くなつてから、東洋風の枯淡趣味といふものが解つて來た。或は少しく解りかけて來たやうに思はれる。

そして同時に、芭蕉などの特殊な妙味も解つて來た。昔は芥川君と芭蕉論を闘はし、一も二もなくやつつけてしまつたのだが、今では僕も芭蕉ファンの一人であり、或る点で蕪村よりも好きである。年歯と共に、今後の僕は、益々芭蕉に深くひき込まれて來るやうな感じがする。日本に生れて、米の飯を五十年も長く食つて居たら、自然にさうなつて來るのが本当なのだらう。僕としては何だか寂しいやうな、悲しいやうな、やるせなく捨鉢になつたやうな思ひがする。

朔太郎は、新詩体としては与謝蕪村を詩人としているが、実際には俳人である。こうなると『詩の原理』も何もない。『郷愁の詩人　与謝蕪村』の著者としてでは、「与謝蕪村は、僕は青年時代から好きで愛吟してゐた」と述べている。

嫌いであった食べものが好きになることは人間である以上、生理的にもありうることではあるが、彼がプロの詩人であるならば、読者に対して騙したことになる。率直さと誠実さをもって撤回し、謝罪すべきであろう。次々と矛盾する詩論やエッセイを容赦なく書き続けることが良いはずはないからである。

郷土への憎悪にしても、「エレナ」へのストーカー行為にしても、すべてが自分本位の思考から発したものである。

彼は序文の中で、「詩は文学の中心であり、時代を指導する太陽である」と、詩壇を背負って立っているようなことを明言をするならば、「読者をペテンにかける善き詩人はペテン師」などとは発意すべきではないであろう。

さらに『詩人の悩み』でも、「詩は文学の王者である。いや、王者でなくてはならない。従って、詩人こそ文学の代表でなければならない」と述べている。

和歌・俳句・漢詩などのように、時を重ねてきた伝統ある文学に対して、軽率な言葉で独善的に言うのは無礼ではないだろうか、むしろ、大衆が評価し判断すべきものである。

『詩人の使命・自序』

詩は散文精神に追蹤し、散文時代に自ら順應すべきものでなくて、逆に詩を以て散文精神を克服し、詩精神によつて時代を指導すべきものなのである。然るに過去の日本の詩壇は、かかる詩人の使命を忘れて、自ら卑陋にも散文時代に追蹤し、詩を自然主義的レアリズムや、散文意識的主知主義の時代思潮に順應さすべく、詩の本質精神であるリリシズムをさへ、自ら卑賤して輕蔑し、ひとへに散文時代の寄生物たるべく努めた。詩は文学の中心であり、時代を指導する太陽である。自分が地球の周圍を廻るのでなく、遊星である所の他の文學が、詩の周圍を廻るのである。（後略）

詩が文学の中心と言いながらも、晩年の彼は、詩から離れて俳句に興味を示し、数句の作品を残している。また、俳人の評論まで発表していることに驚くかぎりである。

晩年の朔太郎は、昭和16（1941）年、伊香保温泉に滞留して執筆活動を続けていたが、身体に変調をおぼえ、10月になると自宅に閉じこもりがちとなり、訪問者を避けるようになるが、年が明けた昭和17年5月11日午前3時40分、世田谷の自宅で55年の生涯を終焉する。

執筆を終えて

わたしは、『萩原朔太郎全集』やアカデミックな文学史家たちの評論集並びに書簡類を調査し、見え隠れする朔太郎の実像に迫ることができたことに、晴れ晴れとした気持ちになり、満足している。

何故ならば、これまでの著書の多くは、顕彰に基づく美談ばかりが目立ち、真実を描いた朔太郎像に接することがなかったからである。

政治や官僚の世界でも言えるのだが、公文書改ざん・統計不正問題などの与野党論争を見ていると、与党・政府は野党の質問に対して真正面から答えようとせず、ご飯論法に出たことに、これが日本の民主主義なのかと、イライラとともに激しいショックを受けている。

主権者である国民から託された国会議員が党議に縛られて理性を失い、正しい行動ができないようでは、日本は自由や民主主義を土台とした自由民主主義国家なのかとの疑問がぬぐえない。と同時に、政治家としての個々の資質を問わざるを得ない。

政権与党の政治家が予算委員会などで、総理大臣に向かって、野党以上の迫力で堂々と正論を持って問えたならば、立派でありカッコいいと思うのであるが、謙譲語を使用して媚びる言いまわしの政治家には、うんざりであり、まことに困ったものである。

野党の質問にひたすらヤジを飛ばす真意は何なのか、恐ろしささえも感じる。それは、戦前・戦中の治安維持法に匹敵する日本の言論封鎖を、国会内で垣間見た気持ちになるからである。

米国の議会では、大統領の掲げる法案に反対する与党共和党議員さえおり、マスコミも政権に対して厳しい目で論評を加えている。日本は寄らば大樹であって、メディアを含めて民主主義は定着していないように思う。

福田赳夫氏は「政治家は最大の道徳である」(『私の履歴書』日本経済新聞出版社)と言ったが、今の政治家は、簡単に嘘を言う。朔太郎の言う「ペテン師」なのか、改ざんや不正問題の解明に消極的である。従って、あれほど財政再建に取り組むと言いながら、消費税を増やした挙げ句、予算規模を百兆円超えに膨らまし、財政規律を無視している。しかも、景気の落ち込みを懸念してか、軽減税率を導入するとのことであるが、今の日本のやるべきことは、バラマキではなく、その分を手厚く社会保障に充当すべきである。

福田赳夫氏は、自民党の政調会長を更迭されても、池田内閣の高度経済成長路線を批判した政治家であるが、高度経済成長戦略の反動によって起きた昭和49年最大の危機であったインフレと不況を、「わたしがやらないで誰がやる」と言い、全治3年と言いきって完治させた。もし、生きていたならば、今の有言不実行な政治を何と嘆くであろう。

国家財政を今の財務大臣に任せたままで、将来にわたる年金などの社会保障は大丈夫なのか不安が募る。いずれは、財政赤字を膨らました張本人として、後年になって必ずや責任を問われるはずである。

すでに、社会保障制度が危機的な状態にあることや、国家財政も悪化しており、一般の国民は将来の不安を抱えて生きている。低所得者は生活苦に病み、家庭内外で多くの悲惨な事件が発生している。この状況を一口も早く解消し、不安の少ない社会になるよう政治家たる者は努める使命と責任がある。

拉致された家族は正月もなく一日も早く戻って来るのを祈っているにもかかわらず、言葉巧みに先送りし、ゴルフで鋭気を養っている安倍総理大臣をテレビ報道で視聴したとき、やはり、福田氏を想い浮かべるのである。彼は、「さあ働こう内閣」と号し、掃除大臣と称すなど、ゴルフどころか風呂にも入らなかったことを、群馬テレビで語ったのを筆者は記憶している。

総理大臣たる者は、一日たりとも、政治から離れるべきではないと思う。近々の課題である社会保障改革にメドもつけないまま、長期政権であり続けることに不快感を抱く国民は多いはずである。

特に低所得にあえぐ人たちは、将来の不安を抱えながらも国民年金を掛けられない状況にあり、いずれは、無年金者として生活保護を受けなくてはならない予備軍と想定されている。そんななかで、国家を司る政治家たちが、膨大な歳費を使って長期間の海外視察（バカンス）に出る不条理は許されず、視察に行きたいのであれば、身を切る改革をすすめる意味からも、支持者の献金あるいは私費によって賄うべきであろう。

少子化対策も展望が開かれておらず、原発においても汚染ゴミ処理や廃炉に膨大なコストがかかることなどを考慮したならば、再稼働を推す政治家を選ぶ国民にも一端の責任があるということになろう。

人間は十人十色であり、考えや見方は違う。難しいことではであるが、一つの物差しとしては、国民に寄り添った行動をしているかどうかを判断基準とすべきである。

政治家の歳費（賃金）では到底賄えない豪邸を建てて住み、会議と称して政治資金で高級料亭通いをするなど、姑息な政治家たちは、現役時代に私腹を肥やし、将来の不安を解消すべく、自らのために行動しているのである。週刊誌で問題となった某・元東京都知事をなぞれば明らかであろう。

国民一人ひとりに向き合い、心を砕く政治家がどれほどいるかといえば、一握りかも知れない。わたしが朔太郎について述べたのも、一握りの人の思いを述べたに過ぎないのかも知れない。しかし、一石を投じることで拡散し、波紋が拡がるものと考えている。

地元のマスコミや団体、前橋市の広報誌などが媒介となり、詩人・朔太郎の偉人伝説が広がり、浸透している。しかし、地元マスコミや市広報誌などは、本書で示した破廉恥な生活や行動には一切触れていない。触れたならば、偉人伝説は違ったものとなるからである。

なお、前橋文学館内３階フロアで展示された「月に吠えらんねえ」というコミックが、ネット上で若い女性たちに人気を博したようである。

文学館として、一人でも多くの入館者を期待し、創作漫画を展示したと思われるが、くまモンやぐんまちゃんなどのマスコットキャラクターならば許されるであろうが、館の使命として考えた場合、朔太郎という詩人のイメージを変える企画は避けるべきである。

いずれにせよ冒頭で述べたが、本書を執筆したことで一つの思いが吹っ切れ、晴れ晴れとした気分に変わりはない。このような評論を取り上げ、ていねいな本づくりをしてくださったあけび書房の久保則之代表には感謝申し上げたい。

２０１９年6月29日

大野　富次

萩原朔太郎関連年表

明治18年（1885）　8月、佐藤清は高崎の佐藤病院院長・佐藤有信の子として生まれる。

明治19年（1886）　11月1日、朔太郎は父・萩原密蔵（開業医）と母・ケイの嫡男として、群馬県東群馬郡前橋北曲輪町69番地（現・群馬県前橋市千代田町2丁目）に生まれる。

明治23年（1890）　6月19日、馬場ナカ（洗礼名エレナ）、前橋桑町（現・前橋市千代田町）に生まれる。

　11月23日、朔太郎の妹・ワカ（若子）誕生。

明治25年（1892）　4月、朔太郎は群馬県尋常師範学校附属幼稚園に入園。

　7月、大坂の従兄・萩原栄次（15歳）が前橋の萩原家に来住。朔太郎は、栄次を兄として慕う。

明治26年（1893）　4月、群馬県尋常師範学校附属小学校入学。

明治27年（1894）　11月、妹・ユキ（幸子）が誕生。

明治30年（1897）　4月、群馬県尋常師範学校附属小学校高等科入学。

明治31年（1898）　1月、弟・弥六が誕生。

明治33年（1900）　2月、妹・み祢が生まれる。

　4月、群馬県前橋中学校入学。

明治35年（1902）　12月、前橋中学校校友会誌『坂東太郎』に短歌5首を発表。

明治36年（1903）　4月、朔太郎は中学4年に進級。妹・ワカ共愛女学校入学。

明治37年（1904）2月、妹・アイ（愛子）が生まれる。朔太郎は中学校5年進級ならず落第。

明治38年（1905）正月、朔太郎はかるた会で馬場ナカと面識をもつ。

7月、『坂東太郎』を編集。

明治39年（1906）4月、前橋中学校補習科入学（7月に退学）。

9月、早稲田中学校補習科入学。

明治40年（1907）9月、早稲田中学校退学。第5高等学校（熊本県）入学。朔太郎21歳。

明治41年（1908）7月、第五高等学校2年進級ならず。

9月、第六高等学校（岡山県）入学。

明治42年（1909）7月、第六高等学校2年進級ならず。朔太郎23歳。

9月、馬場ナカ、高崎の佐藤清医師に嫁ぐ。

11月、『スバル』に短歌を発表する。

明治43年（1910）4月帰省。朔太郎は進路に悩む。

5月、第六高等学校退学。その後、東京に滞在。音楽・美術・演劇・歌劇を楽しむ。

明治44年（1911）2月、比留間賢八にマンドリンを習う。

2月8日付で津久井幸子へ書簡を送る。

6月、田中常彦にマンドリンを習う。当時一流の音楽家であったイタリア人のサルコリにマンドリンの指導を受ける。

大正2年（1913）朔太郎は赤城・榛名・伊香保に旅行する。

4月、歌集「ソライロノハナ」発表。

5月、詩壇に登場。

大正3年（1914）　1月、自宅の奥の味噌蔵を改修して音楽室にする。

2月、室生犀星初めて前橋に訪れる。利根川河畔の旅館「一明館」に1か月ほど滞在し、朔太郎との交友を深める。

5月、ナカは洗礼名をエレナと号した。

6月、室生犀星・山村暮鳥と「人魚詩社」を設立。

11月、高崎の佐藤医師に嫁いだエレナに横恋慕した朔太郎は、エレナを訪ねるが、夫・清に見咎められる。

11月7日、北原白秋に書簡を送る。内容は、佐藤家に押し掛けた朔太郎の感情が込められている。

11月8日、北原白秋に書簡を送る。（エレナについての内容）

11月16日、北原白秋宛に2通の書簡を送る。（破廉恥な内容）

同年末から翌年初めにかけて「浄罪詩」と名付けた一連の作品が『月に吠える』に収録。（『萩原朔太郎集』）朔太郎28歳。


大正4年（1915）　1月、北原白秋来橋。1週間ほど萩原家に滞在する。

12月、鎌倉長谷海月楼に滞在する。


大正5年（1916）　2月、詩集『月に吠える』500部刊行。風俗壊乱の理由から2編の削除処分に対し、抗議文を上毛新聞に発表。


大正6年（1917）　2月、前年12月より滞在していた鎌倉の長谷海月楼を去る。

3月、大手拓次を訪問。森鴎外、斎藤茂吉を訪問し、詩集を贈る。

5月5日、エレナ、鎌倉近郊の腰越の療養先で病没する。享年26歳。

大正7年（1918）　1月、室生犀星著『愛の詩集』刊行に資金援助する。

大正8年（1919）　5月1日、朔太郎は四万温泉にて上田稲子と結婚式をあげる。朔太郎33歳。

　6月、若山牧水来訪。

　8月、『文章世界』に初めてアフォリズムを発表。

　10月20日、萩原家は石川町（現・紅雲町）に転居する。

大正9年（1920）　9月、長女・葉子誕生。朔太郎34歳。

大正10年（1921）　2月、『現代詩人選集』に詩3編が収録。

　3月、前橋の詩歌人たちと毎週1回、文芸座談会を開催。

大正11年（1922）　3月、『月に吠える』再刊。4月、『新しき欲情』刊行。

　9月、二女・明子誕生。

大正12年（1923）　1月、詩集『青猫』刊行。5月、白秋夫妻萩原家に1泊。

　7月、詩集『蝶を夢む』刊行。

　8月、伊香保滞在中の谷崎潤一郎を妹と訪問。

大正13年（1924）　1月、上州新報の新春特別文芸欄に『公園の椅子』初出。

　5月、朔太郎・ユキ・栄次は奈良若草山へ赴く。

　5月25日、朔太郎は大阪中村家を訪問。

大正14年（1925）　2月中旬、東京移住で最初に住んだのが大井町である。

　第4詩集『純情小曲集』刊行。

　妻子3人ともに上京。

　朔太郎は、軽井沢にて室生犀星を訪れる。

大正15年（1926）　東京府下馬込（現・大田区）に転居。


昭和3年（1928）　第5詩集『萩原朔太郎詩集』収録。

『詩の原理』刊行。『詩と詩論』創刊。


昭和4年（1929）　12月1日、御大礼特別観艦式にちなみ、『品川沖観艦式』を詩作する。

稲子と離婚する。朔太郎43歳。


昭和5年（1930）　10月14日、『婦人公論』11月号に稲子の手記が載る。

東京赤坂のアパート乃木坂倶楽部に仮寓。


昭和6年（1931）　7月、父密蔵死去。享年77歳。

10月、妹・アイと共に上京。牛込区市ケ谷台町（現・新宿区牛込）に住む。


昭和7年（1932）　5月、歌論集『恋愛名歌集』刊行。

9月、世田谷区下北沢に母ケイ・妹アイと居住。


昭和8年（1933）　12月、詩人・丸山薫を知る。

世田谷区代田1丁目に新居が完成。


昭和9年（1934）　4月、北原白秋・室生犀星とともに大手拓次の遺骨を上野駅頭で送る。

6月、詩集『氷島』刊行。


昭和10年（1935）　4月、エッセイ集『純正詩論』刊行。

10月、アフォリズム集『絶望の逃走』刊行。

11月、小説『猫町』刊行。


昭和11年（1936）　この年、『四季』の同人となる。3月、詩集『定本青猫』刊行。

エッセイ集『郷愁の詩人与謝蕪村』『廊下と室房』を刊行。

昭和12年（1937）　2月帰橋。磯部の大手拓次の弟の家（旅館）に泊まる。3月、エッセイ集『詩人の使命』刊行。9月、エッセイ集『無からの抗争』刊行。同書、検閲により部分削除となる。

昭和13年（1938）　12月13日、東京朝日新聞の要請で、戦争詩『南京陥落の日に』を発表する。3月、エッセイ集『日本への回帰』刊行。

昭和14年（1939）　4月、大谷美津子と結婚（入籍せず）。朔太郎52歳。2月、妻の美津子とアパートに居住する。9月、詩集『宿命』刊行。

昭和15年（1940）　10月、室生犀星と水戸高等学校にて講演。翌日、山村暮鳥未亡人と横浜を訪れる。12月、大谷美津子と離婚する。朔太郎53歳。7月、アフォリズム集『港にて』刊行。エッセイ集『帰郷者』刊行。10月、エッセイ集『阿帯』刊行。『昭和詩抄』刊行。

昭和16年（1941）　2月、東京放送局から「文藝雑感—現代詩について」を放送。9月、風邪をこじらす。10月、朔太郎編『樋口一葉全集第5巻』刊行。

昭和17年（1942）　5月11日、午前3時40分、朔太郎は急性肺炎のため東京世田谷の自宅で死去。享年55歳。13日、告別式となる。31日、前橋政淳寺の萩原家墓地に埋葬。法名は光英院釈文昭居士。

昭和27年（1952）　6月22日、エレナを愛し続けた夫・佐藤清は、エレナの死後も妻帯することなく、68歳の人生をまっとうする。

参考文献

『萩原朔太郎全集』（萩原朔太郎著・筑摩書房・１９７５年発行）
『萩原朔太郎詩集』（萩原朔太郎著・教育出版・２００３年発行）
『萩原朔太郎年譜』（前橋文学館編）
『無用の人』（慶光院芙沙子著・政治公論社・１９６４年発行）
『萩原朔太郎ノート』（村上一郎著・国文社・１９７５年発行）
『萩原朔太郎ノート「ソライロノハナ」私考』（小松郁子著・桜楓社・１９８９年発行）
『日本の詩・萩原朔太郎集・第7巻』（那珂太郎編・集英社・１９７８年発行）
『朔太郎とエレナ・現代詩読本』（思潮社・１９７９年発行）
『一枚の絵葉書』（萩原朔太郎研究会会報・１９８３年発行）
『エレナの七里ヶ浜』（詩学・１９８４年発行）
『エレナの瞳』（詩学・１９７９年発行）
『萩原朔太郎論』（中村稔著・青土社・２０１６年発行）
『萩原朔太郎その他』（那珂太郎著・１９７５年発行）
『萩原朔太郎』（野村喜和夫著・中央公論社・２０１７年発行）
『萩原朔太郎・詩人思想史』（渡辺和靖著・ぺりかん社・１９９８年発行）
『父・萩原朔太郎』（萩原葉子著・中央公論社・１９７９年発行）
『萩原朔太郎論』（久保忠夫著・塙書房・１９８９年発行）
『萩原朔太郎』（三好達治著・講談社・２００６年発行）

『萩原朔太郎・宿命論』（山田兼士著・２０１４年発行）
『萩原朔太郎・意志の覚醒』（堤玄太著・森話社・２０１２年発行）
『日清戦争異聞・朔太郎が描いた戦争』（樋口覚著・青土社・２００８年発行）
『若き日の萩原朔太郎』（萩原隆著・筑摩書房・１９７９年発行）
『萩原朔太郎論集』（長野隆著・和泉書院・２００２年発行）
『詩的イメージの構成』（岸田俊子著・沖積舎・１９８６年発行）
『萩原朔太郎論』（渋谷国忠著・思潮社・１９７１年発行）
『萩原朔太郎』（大岡信著・筑摩書房・１９９４年発行）
『詩と批評家』（文学界・第2巻第2号・１９３５年発行）
『最近詩壇の動向』（文学界・第4巻第2号・１９３７年発行）
『口語革命』（北川透著・筑摩書房・１９９４年発行）
『詩人は散文を書け』（四季第15号・１９３６年発行）
『日本文学研究資料叢書・萩原朔太郎』（有精堂出版・１９７１年発行）
『萩原朔太郎』（飯島耕一著・みすず書房・２００４年発行）
『詩想と論理』（米倉巌著・桜楓社・１９９３年発行）
『詩人と大衆』（エクリバン・１９３５年発行）
『現代文学大系』（三好達治・西脇順三郎共著・筑摩書房・１９７８年発行）
『開館20周年・前橋文学館特別企画展』（前橋文学館・２０１３年発行）
『朔太郎と前橋』（前橋文学館・２００９年発行）
『詩の本質性について』（四季第31号・１９３６年発行）

『政治と藝術』（文藝首都・１９３６年発行）
『白秋宛書簡』（１９１４年発行）
『歳末に近き或る冬の日の日記』（新潮４月号・１９２８年発行）
『伝記・萩原朔太郎』（春秋社・１９８０年発行）
『萩原朔太郎と郷土詩人たち』（前橋文学館・２００２年発行）
『萩原朔太郎・愛憐詩篇の時代』（前橋文学館・２０１３年発行）
『小説と詩的精神の問題』（月刊文章第２巻第１号・１９３６年発行）
『消息』—『風景』（10月号・１９１４年発行）
『浄罪詩篇ノオト』（渋谷国忠編・１９７０年発行）
『山村暮鳥のこと』（萩原朔太郎著・『日本詩人』２月号・１９２６年発行）
『光太郎と朔太郎』（岡庭昇著・講談社現代新書・１９８０年発行）
『詩と音楽の関係』（日本詩第２巻２号・１９３５年発行）
『詩人とジャーナリスト』（書物展望第53号・１９３５年発行）
『萩原朔太郎』（大野純著・講談社現代新書・１９７６年発行）
『現代詩読本』（特集・萩原朔太郎・思潮社・１９７９年発行）
『ユリイカ・詩と批評』（２月号・特集萩原朔太郎未発表遺稿・浄罪詩篇・１９７５年発行）
『ユリイカ・詩と批評』（７月号第７巻第６号・青土社・１９７５年発行）
『ユリイカ詩と批評』（特集・萩原朔太郎・欧化と回帰・青土社・１９８０年発行）
『萩原朔太郎—ある風景の内殻から』（東京大学出版会・１９７７年発行）
『詩の根源を求めて』（渋沢孝輔著・思潮社・１９７７年発行）

『純正自由詩論』（四季第16号・1936年発行）
『詩人の印象・萩原朔太郎』（日本詩人・1924年発行）
『近代日本の美術と文学』（匠秀夫著・木耳社・1979年発行）
『萩原朔太郎・雑志』（富士川英郎著・小沢書店・1979年発行）
『口語詩歌の韻律を論す』（短歌研究第4巻第6号・1935年発行）・
『萩原朔太郎詩の生理』（国文学10月号・1978年発行）
『月に吠える・感情』（合評号・1917年発行）
『最近の詩壇』（椎の木第9号・1935年発行）
『萩原朔太郎―詩的イメージの構成』（岸田俊子著・沖積舎・1986年発行）
『萩原朔太郎・詩の原理論』（北川透著・筑摩書房・1987年発行）
『幻視者・萩原朔太郎』（藤原定著・1977年発行）
『萩原朔太郎詩かたみ漂泊の人』（西岡光秋編・宝文館出版・1968年発行）
『萩原朔太郎・郷土望景詩幻想』（司修著・小沢書店・1993年発行）
『腐りゆく天使』（夢枕獏著・文藝春秋・2000年発行）
『萩原朔太郎郷土詩集』（前橋市立図書館編・前橋市教育委員会・1983年発行）
『萩原朔太郎詩集』（三好達治著・岩波書店・1952年発行）
『朔太郎と前橋』（波宣亭倶楽部・前橋文学館・2009年発行）
『萩原朔太郎郷土詩集』（前橋市立図書館編・前橋市教育委員会・1983年発行）
『萩原朔太郎の詩想と倫理』（米倉巌著・桜楓社・1993年発行）
『朔太郎の日々』（野口武久著・前橋市観光協会・1986年発行）

大野 富次（おおの とみじ）

歴史研究者、歴史作家。

1945年、群馬県沼田市に生まれる。

群馬銀行勤務を経て実用書・医学書の販売会社経営。奈良大学通信教育部文化財歴史学科を受講。前橋市文化政策懇話会委員。福井県越前大野市大野屋文化事業に協力。千葉県銚子市市民ミュージカルに協力。前橋市文化振興条例審議。『群馬郷土史研究所紀要』監修・編集・発刊。

連載に「えにしで結ばれた郷土史」（産経新聞）、「小説・李左衛門の死」（大衆日報）。雑誌に「ＮＨＫと司馬財団・坂の上の雲放送に見る密接な関係」、「現在の年金制度を止めよ」、「セシウム新基準直前の駆け込み」（週刊金曜日）。機関誌に「沼田氏の研究」、「青山氏の研究」、「上泉信綱」、「上野伊達家の一考察」（群馬風土記）、「上野国と琉球王朝のえにし」、「薩摩の日秀上人」（歴史散歩の会）他。

著書に『文化勲章者の背信』（新風舎）、『「花燃ゆ」が100倍楽しくなる・杉文と楫取素彦の生涯』（宝島社）、『松陰の妹二人を愛した名県令・楫取素彦』（日刊工業新聞社）、『剣豪・上泉信綱の魅力』（新人物往来社）、『真田幸村50の謎』（KADOKAWA）、『真説・龍馬暗殺・その後』、『塩原太助・その実像と真実』（叢文社）、『龍馬を殺した男・西郷隆盛』（宮帯出版社）など。

詩人・萩原朔太郎の横恋慕

2019年7月15日　第1刷発行ⓒ

著　者──大野　富次
発行者──久保　則之
発行所──あけび書房株式会社
102-0073　東京都千代田区九段北1-9-5
☎03-3234-2571 Fax 03-3234-2609
akebi@s.email.ne.jp　http://www.akebi.co.jp

組版・印刷・製本／モリモト印刷
ISBN978-4-87154-170-1 C0095